FRANCO DE RÍA

Emilio Manrique Ruiz

Franco de Ría

Primera edición: 2024

ISBN: 9788410266490
ISBN eBook: 9788410266940

© del texto:
   Emilio Manrique Ruiz

© del diseño de esta edición:
   Caligrama, 2024
   www.caligramaeditorial.com
   info@caligramaeditorial.com

Impreso en España – Printed in Spain

Para todos los que sois importantes en mi vida

Mis raíces

Mi nombre es Benjamín, aunque algunos me apodan Beja, que es como yo lo pronunciaba cuando apenas sabía hablar. Nací un 17 de enero en un municipio español del sudeste de la provincia de Ciudad Real, en la comunidad autónoma de Castilla-La Mancha y que forma parte de la comarca del Campo de Montiel. Estoy orgulloso de mis orígenes y del lugar donde nací. Sus habitantes también somos conocidos con el nombre más popular de calduchos. Es un lugar muy peculiar, pues incluso cuenta con un diccionario que recoge las palabras y frases típicas y peculiares del lugar. http://www.calducho.com/paginas/diccionario%20calducho.htm

Como ejemplo, transcribo alguna de ellas:

Coroque **que sí:** creo que sí.

Costar el ato: pagar una equivocación.

Dar el cuerpo: hacer de vientre.

Dar la *cabezá:* dar el pésame, acompañar en el sentimiento a aquel que ha perdido a un ser querido.

Dar la *ganchá:* ligar con las muchachas.

Dar la *entretenía*: forma galante de echar a un niño que está molestando: «anda, hermoso, ve y que te dé tu madre la *entretenía*».

Dar el chaquetazo: dar la *ganchá*.

Dar las aguas: orinar.

Dar los días: felicitar a alguien en su cumpleaños.

¿De quién eres?: forma de preguntar cómo se llaman tus padres.

Echar la espuela: en un bar, es tomar la última ronda. Últimamente, está en desuso y ha sido sustituido por «echar la penúltima» (¡serán borrachos!).

Enhebra *d'aquí*: vete de aquí.

Estar *aviao*: estar *apañao, arreglao,* listo.

Estar en tenguerengue: algo que está inestable, a punto de caerse.

Estar hecho fosfatina: estar hecho polvo, destrozado.

Estar muy *estropeao*: estar enfermo y con mala cara o muy envejecido.

Echar una pieza: bailar o tocar una canción.

Hablar más que un sacamuelas: antes eran los barberos los que sacaban las muelas y la verborrea que tenían era la única anestesia utilizada.

Hace un sol que aporrea: dícese cuando el sol está en todo lo alto y se te calienta tanto la cabeza que parece que te han *aporreao.*

Hacerse un siete: hacerse un roto en los calzones con un ángulo aproximadamente igual a los 90 grados.

Ha dado una vuelta muy grande: se suele decir cuando una persona que ha estado muy enferma mejora bastante.

Hueso del candil: clavícula en las personas muy delgadas.

Ir pasajero o caballero: que te lleven en un vehículo sin conducir tú.

Hacer algo carbonato: hacerlo polvo.

Hacer mal: hacer daño.

Hacer malas gachas: se suele decir cuando dos personas no se llevan bien.

Hacer sábado: antiguamente, se acostumbraba a hacer una limpieza general y a fondo de toda la casa una vez por semana, que solía ser el sábado. De ahí el nombre de hacer sábado.

Hacer sombras-luces: es andar por la calle como escondiéndose para que no lo vean a uno.

Toda mi familia es de este lugar y mi padre me encomendó que si alguien del lugar me preguntaba de quién era le respondiera que era nieto de Alberto, el carnicero.

En el lugar, con gran orgullo en él celebramos la fiesta de la Virgen, Nuestra Señora de la Carrasca o Virgen de la Carrasca. El santuario de Nuestra Señora de la Carrasca está situado en un paraje natural privilegiado, a catorce kilómetros de la población. Es el único ejemplo de santuario con plaza de toros, junto con el de Las Virtudes (en Santa Cruz de Mudela), de la provincia de Ciudad Real. En septiembre se celebra allí una de las romerías más importantes de la región, la de la Virgen de la Carrasca, patrona de la urbe, conocida como la Morenilla. Su santuario es un centro devocional típico del Barroco hispánico. En su comienzo, constaba solo de una pequeña ermita del siglo XV que fue agrandada y reformada en los siglos XVII y XVIII y es en 1889 cuando adquiere su configuración actual, de santuario, integrando una edificación de dos plantas en torno a un patio cuadrado, que viene a ser el atrio de la ermita. Una primera planta porticada con arcos de medio punto y una segunda planta con pilares y barandilla de hierro para observar el festejo. Las habitaciones situadas en la segunda planta servían antiguamente para el hospedaje de peregrinos. Actualmente, sirven de alojamiento durante los días de fiesta, que se subastan una semana antes de comenzar la romería. En el albero del patio, se instala una plaza de toros cuadrada para las novilladas y rejoneos, sirviendo también de escenario para los conciertos y verbenas.

Desde 1866 es la hermandad de Nuestra Señora de la Carrasca la encargada de administrar el santuario y suscitar la devoción a la patrona introduciendo actos religiosos y festivos.

En el ala sur del santuario, se encuentra la vivienda de los santeros —cuidadores del santuario—, cuarto de toreros, cocinas y otras dependencias. Y en el ala norte, la ermita y espacios dedicados a usos profanos o para la celebración de la fiesta en honor a la Virgen de la Carrasca —enfermería, cocina, chiqueros, etc.—.

La ermita es un espacio rectangular, de una sola nave cubierta en parte con bóveda de cañón con lunetos. La nave y la capilla mayor están separadas por una verja de hierro del siglo XVIII, decorada con formas vegetales, corona, cruz de Santiago y escudo partido, en alusión a los apellidos Abat, en la parte derecha, y Sandoval, en la izquierda.

La capilla mayor alberga el magnífico retablo barroco, dorado en oro en 1720, en cuya cabecera destaca la emblemática encina o carrasca, con abundantes raíces, haciendo referencia al lugar donde se apareció la Virgen, según cuenta la leyenda.

El retablo enmarca la hornacina central, con la imagen de la Virgen de la Carrasca. La actual imagen de la Virgen se realizó en 1939 y es una reproducción del original destruido en la Guerra Civil, basándose en fotografías y testimonios orales, así como en un grabado anónimo del siglo XVIII. Es una talla bellísima de madera policromada de pequeño tamaño que representa a una Virgen sedente con el Niño en su regazo, ambos de tez morena de tipo trigueño. Las Hermanas de la Virgen, asociación fundada en 1889, se encargan del culto y cuidado de la imagen.

La hornacina comunica con el camarín del siglo XVII, cuya cúpula está adornada con elementos barrocos y pinturas que representan un coro angelical y cuatro escenas marianas. Otro elemento muy apreciado de la ermita es el mural cerámico que hay frente a la entrada del camarín. Representa la aparición de la Virgen de la Carrasca al pastor José Cortés. Según la tradición, la Virgen exigió al pastor la construcción de una ermita y la celebración de una fiesta en su honor.

Como nací un 17 de enero, por tanto soy capricornio, y cuando hago algo, más de uno exclama: «Claro, como es capricornio». Yo creía que el signo zodiacal no tenía nada que ver con el carácter de la persona, que este se fragua en función de los amigos, la escuela a la que hemos asistido, la familia en la que hemos crecido. Son parte de los muchos factores que intervienen en la definición del tipo de persona que uno es. Mi vida está marcada desde mi infancia, por todo lo que viví como nieto de la Guerra Civil y que creo que marcó la generación a la que pertenezco con los valores de la responsabilidad, el esfuerzo, la solidaridad, el trabajo y el bien social, entre otros.

Opino que no estoy en un error si manifiesto que a los jóvenes y niños de mi generación en los colegios la guerra civil española nos la enseñaron o mostraron como un conflicto cerrado y luego muchos se dan cuenta de que está muy lejos de cerrarse. Se cree que seguirá abierto mientras haya trauma heredado. Y los silencios que vivimos en las familias sobre este tema, de eso no se puede hablar. Era lo que se solía decir y diría que de todo aquello solo sabemos verdades a medias y lo que nuestras propias familias vivieron y que sigilosamente nos han contado.

Los que formamos parte de la generación de los nietos de la guerra hemos sabido asumir la transición aceptando y participando en una democracia para la que nadie nos había formado.

La gran mayoría asistimos a la escuela municipal, de la que, por lo general, tenemos muy buen recuerdo y justo a los catorce años cumplidos empezamos a trabajar diez horas diarias de lunes a sábado. Dicha jornada inglesa (fiesta sábado tarde) fue una gran conquista. Muchos nos casamos muy jovencitos para salir de la custodia y amparo de la familia y tener libertad para hacer nuestra vida sin imposiciones familiares.

Hemos hecho lo imposible y más por darles a nuestros hijos una formación académica mejor que la que nosotros tuvimos, incluso para que pudieran ir a la universidad, cosa que por falta de recursos económicos y porque era prioritario el trabajar diez horas diarias muchos no pudimos acceder a ese tipo de estudios. Pero nuestra formación, celo, tesón, empeño, coraje, afán de superación y saber hacer nos facultaron para manejar **rápidamente las nuevas tecnologías, lo que nos** facilitó el que ocupásemos puestos de responsabilidad en nuestra vida laboral, en las florecientes empresas de la época, lo que nos permitió un buen nivel social. De hecho, formamos parte de la clase media o media alta de la sociedad.

Somos viajeros incansables disponiendo de nuestro propio coche, utilizamos el AVE, los vuelos *low cost* e incluso nos hemos embarcado para hacer algún crucero.

Inmersos en una gran sociedad de consumo, hemos sabido ser austeros y conformarnos con lo imprescindible para vivir.

Despreciamos y protestamos contra la guerra del Vietnam, la del Golfo, la invasión de Irak y luchamos contra cualquier tipo de violencia. Reivindicamos cada vez con más fuerza que la mujer del siglo XXI es una mujer empoderada y libre que decide si quiere estudiar, si prefiere formar una familia, si quiere vivir sola o en pareja, etc.

Estas son, entre otras, las características de la generación que **podríamos** apelar de los nietos de la Guerra Civil y que heredamos inconscientemente el sufrimiento de nuestros padres y de nuestros abuelos.

En Montmar

Siguiendo una frase de Petronio, que dice: «Deja el lugar en que vives y busca otras tierras, ¡oh, joven!, y se te abrirán nuevos horizontes», me considero un viajero empedernido.

Viaje a Montmar

Me decido a ir a San Carlos de la Rápita, perteneciente a la provincia de Tarragona, y en la comarca del Montsiá. Pero antes paso por la comarca del Alt Camp, de la provincia de Tarragona. Entre la sierra de Montferri y el río Gaya, hay un pequeño pueblo que el paso del tiempo ha cincelado donde todo es silencio y quietud. Es un terreno verde y frondoso enmarcado por un cielo azul. Un lugar tranquilo lleno de atajos de claros, de silencios, de susurros y de cantos de avecillas y de caminos que conducen a los campos de vides y pequeños huertos locales, repletos de productos hortícolas.

Arriba en el cerro se emplaza la torre de guardia conocida como Torre del Moro o de Montferri, desde donde se puede cotejar todo el campo, el río y los tres molinos hidráulicos, harineros y de paños.

La denominación de Torre del Moro es dada por los habitantes de Montferri, mientras que los de las poblaciones cercanas la conocen con el nombre de torre de Montferri.

Su origen y otras torres erigidas en esta zona se relaciona con el proceso de recuperación del territorio ocupado por los musulmanes. Quizá fue una torre de vigilancia del castillo de Castellví de la Marca (Alt Penedés). Su misión era vigilar los límites occidentales de la Marca. Del Munt Ferriolum hay mención al año 1010 y, posteriormente, al año 1059, llamándolo Monte Ferreo.

DESCRIPCIÓN. La torre es de planta ovalada en la parte exterior y circular en la interior. Tiene 15.66 metros de diámetro y 8 metros de altura. El grosor de los muros es de 1.30 metros. Actualmente, es de un solo piso cubierto por una azotea. El suelo es una bóveda que no llega a ser de medio cañón y se encuentra ornamentada con un dibujo de encofrado de caña. Hay una pequeña abertura que comunica con la azotea y que habría dado acceso al segundo piso, del que solo se conservan unos dos metros de altura. En esta planta superior, se pueden ver varias troneras y los restos de lo que podría haber sido una puerta original por la que se accedía a la torre. Actualmente, la puerta de acceso se encuentra en la planta baja, encarada al norte, pero se trataría de una posterior reforma. En la base hay dos grandes aberturas.

Las dos caras de las paredes, la exterior y la interior, están hechas con piedras muy poco trabajadas, colocadas en hiladas y unidas con mortero de cal duro. Los sillares miden unos veinte centímetros de alto por cuarenta y cinco centímetros de largo. En la cara exterior hay unas rayas paralelas, separadas unos veinte centímetros que parecen querer imitar sillares más escuadrados. En la cara noroeste hay varios agujeros, en dos niveles distintos, quizá destinados a soportar las vigas de algún edificio adosado. Ha sido restaurada y se han reconstruido algunos fragmentos del muro, sobre todo del lado meridional. Aunque no se pueda asegurar, la torre se correspondería en un momento cercano al año 1000, relacionándola con otras construcciones que tienen la misma planta elíptica con extremos redondeados, como la torre del Papiol, la torre de Can Pascol o el castillo de Font-rubí, todas del Penedés. Cuando fue construida, seguramente era de unos dos metros más alta.

Cerca del lugar emerge una construcción de estilo modernista. Es el templo erigido en honor de la Virgen de Montserrat, obra del arquitecto modernista Josep María Jujol, sobre una prominencia desde donde la Virgen morena nos avista. Al pie del collado un pequeño pueblo noble, en la actualidad denominado

Montferri, con una historia de más de diez siglos, que se refleja en la arquitectura de todo el lugar. Se dice que el que vive en él está forjado de tierra y río, de tanto arar, de sol en la espalda, de escarchas y de noches serenas. El pueblo se ha ido modulando a golpe de esfuerzo, historia y tradiciones; un lugar de fiestas y costumbres que perduran a lo largo de los años. Si queréis descubrirlo, sentirlo y recrearlo, recomiendo visitarlo y descubrir en sus aledaños.

Otros distinguidos lugares, entre otros, el santuario dedicado a la Madre de Dios del Loreto en el pueblo de Brafim; o el real monasterio de Santa María de Santa Cruz, una abadía cisterciense erigida a partir del siglo XII, que se encuentra en el término municipal de Aiguamurcia, en el pueblo de Santes Creus, de la comarca del Alto Campo, en la provincia de Tarragona.

Continuando por la C-51, a escasos quince kilómetros, llegamos a Valls capital, de la comarca del Alto Campo. Valls está enclavada en una zona de paso. Esto hace que desde la prehistoria la zona haya sido ocupada por el hombre. Valls es cuna de los *castelles,* torres humanas, con una tradición con más de doscientos años de antigüedad.

También son muy populares en Valls los *calçots.* El *calçot* forma la base de las populares *calçotades* que se celebran en Cataluña, que se han convertido en una fiesta en la que se consumen los *calçots,* que es una variedad de cebollas tiernas asadas preferiblemente sobre la llama viva de *redoltes de ceps* (sarmientos de vid). No hay que esperar a que se haga brasa, que es como se asaría la carne. Una vez hechos, cuando las capas exteriores están negras, entreabiertas y echan una especie de espumita, se envuelven en grupos de veinticinco aproximadamente en varias hojas de papel de periódico y se dejan como mínimo una media hora para que acaben de cocerse con su propio calor. Se comen pelando las capas exteriores y untando el *calçot* en una salsa denominada *salvitxada* o también con salsa de romesco. La salsa romesco es una salsa típica de la gastronomía catalana, concretamente de la provincia de Tarragona. La salsa se prepara generalmente con los siguientes ingredientes:

- Tomates y ajos, asados preferiblemente en horno de leña. Si se prepara en casa, horno eléctrico o de gas.
- Pan, que en unas recetas va frito y en otras se usa la miga sin freír. En ambos casos se maja junto con el ajo.
- Un majado de almendras y avellanas tostadas, si bien hay recetas que omiten las avellanas.
- Unos pimientos rojos secos. Los originales se llaman cuerno de cabra, que se asan justo para cristalizarlos, ya que, de lo contrario, amargan. En su defecto, se usan ñoras.
- Aliño: aceite de oliva, vinagre, sal y pimienta.

La comarca del Alto Campo la cruza el ferrocarril por su lado sur para enlazar las líneas regionales de Renfe de Lérida a Barcelona. Entra desde Montblanch a Riba hasta Picamoixons (Valls), donde la línea se separa en dos ramales. Hacia el sur enlaza con Alcover para alcanzar el Bajo Campo (Reus). El otro ramal toma dirección sudeste y tiene estaciones en Valls, Nulles-Bráfim y Vilavella y Salomó hasta llegar al Tarragonés.

Salomó se halla enclavado en la comarca catalana del Tarragonés, en la provincia de Tarragona. Este pueblo invita al visitante a volver a él y más a disfrutar del incomparable espectáculo del baile del Sant Crist, fiesta tradicional considerada de interés nacional por la Generalidad de Cataluña. En este lugar también es propio, como en el resto de la comarca, el consumo de los *calçot*, lo que ha favorecido el resurgir de algunos restaurantes que durante la temporada de estos productos están muy concurridos, lo cual favorece la economía del lugar, donde ya la fábrica textil dejó de funcionar. El tren benefició el desarrollo de esta comarca y en algunos pueblos incluso formó parte de la distracción de los lugareños, que en especial los domingos después de la misa del mediodía iban a la estación a ver pasar el tren o a recibir a algún familiar que llegaba de Valls o de Barcelona.

Las distracciones en estos lugares eran mínimas y, básicamente, se centraban en el café del lugar, donde los más longevos se tomaban los domingos por la tarde un café o un carajillo mientras jugaban a la garrafina o a las cartas, a un juego llamado butifarra, a la vez que se fumaban una faria o una señorita. En verano a la asombra de los plataneros que había en el lugar y en invierno estaban dentro del bar que llamaban la cooperativa y donde por las tardes los domingos se proyectaba alguna película. Los más jóvenes, cuando las actividades del lugar no les atraían, se iban en coche o en moto a pueblos cercanos y solían decir que bastante trabajaban durante la semana en el campo, básicamente en la vid, almendros, algarrobos y avellanos, que eran los productos propios de la zona.

En Salomó parte del ritmo de la vida la marcaba el reloj de la iglesia, que puntualmente daba las campanadas a las horas determinadas, y al mediodía volteaban las campanas para indicar que era la hora de ir a comer y en verano pasadas las dos o las tres volvían a voltear para indicar la incorporación nuevamente al trabajo. La sirena de la fábrica de tejidos que había en el lugar también marcaba el inicio y final de la jornada.

Además, el paso de los trenes también era un referente para los habitantes de este municipio y así por la mañana a las nueve se cruzaban los trenes procedentes de Lérida con destino a Barcelona y el de Barcelona con destino a Lérida, que traía el correo y la prensa de quienes estaban suscritos a ella, prensa que básicamente era *La Vanguardia* y el desaparecido *Correo de Cataluña*. A estos trenes los lugareños los llamaban el rapidillo, posiblemente porque en aquella época era el sistema más rápido para desplazarse hasta Lérida o el Barcelonés, o bien a Valls, villa donde se podía tener acceso a productos que en el pueblo no había.

El cartero del lugar, que durante muchos años era el señor conocido popularmente como el Gildo, recogía y entregaba la correspondencia, al igual que hacía el cartero de Montferri, que cada día hacía el recorrido de ida y vuelta de Salomó a Montferri montado en su pequeño carro tirado por un también pequeño animal y cuyo farol posterior rojo y delantero blanco de petróleo permitían identificar el vehículo por la carretera T-204, que, a decir verdad, estaba muy poco concurrida. El nombre del cartero de Montferri era Juanito Urpinell, pero la gran mayoría lo conocíamos popularmente por el nombre del cartero de Montferri. Sirvan estas palabras para tanto a él como al Gildo tributarles una deferencia de agradecimiento y reconocimiento por su trabajo, que les obligaba a soportar las inclemencias del tiempo para poder dar un buen servicio a los ciudadanos. Y llevarles las noticias más diversas en esas cartas que más de uno hubiera querido leer antes que sus destinatarios.

El Gildo también era el recadero o ganapán del pueblo, lo que permitía que muchos habitantes tuviesen lo medicamentos que precisaban o pudiesen reparar unos zapatos, unas gafas o un reloj, por ejemplo, o disponer de servicios u objetos que en el lugar no había. Bastaba con encargárselo al Gildo, que previo pago de una mínima cantidad, siempre que no fueran medicamentos, hacía el servicio. Él marchaba casi a diario a Valls con su hatillo hecho con un popular mocador de *fer farcells,* pañuelo de hacer fardos, fardo que generalmente era más pequeño a la ida que a la vuelta. Actividad que hoy en día parece impensable, pero que en aquellos años auxiliaba a muchas personas del lugar y sus aledaños.

Contemplo cómo mediante terrazas se salva el desnivel del terreno y se permite el cultivo de las vides. Después de más de un par de horas de viaje, llegamos a San Carlos de la Rápita. Me ha sorprendido el gran contraste del paisaje que he podido observar a lo largo del trayecto.

Con toda la información que he compilado de los calafateadores y trabajadores portuarios, decido ir a Montmar y, para ello, he contratado un taxi. En un Seat 1430 casi nuevo. Me he trasladado hasta el lugar, un pueblo apartado, un tanto recóndito y utópico. Al parecer, es un precioso pueblo enclavado en la ladera de una montaña y encarado al mar y al sol del amanecer, cuyos habitantes deduzco que tienen algo de análogo a los bajau y a los uros o los bugis, entre otros muchos pueblos del universo, que viven básicamente de los productos del mar. Lo que me lleva a pensar que esta característica les hace ser muy sociables y preocupados por las necesidades de los demás. Al menos, todos los que yo conocí, que eran muy sociables y rápidamente se ofrecieron para ayudarme, cosa que me alegró en extremo y me hizo la estancia entre ellos muy agradable.

El viaje, por unas carreteras muy sinuosas y de un firme deficiente, lo hice con mucha intranquilidad y disfrutando de la amena conversación del conductor, con la que me dio a entender que era un gran conocedor de la zona y de las costumbres del lugar. Por aquella carretera, pienso que hacía tiempo que circulaba poca gente después de haberlo hecho con asiduidad los somatenes y los migueletes.

Reiteradamente, me preguntó qué iba a hacer a aquel recóndito y utópico lugar, cosa que no le desvelé. Pasado el pueblo de Calafat, tomamos una carretera muy secundaria y dejé de ver la belleza del paisaje que mostraba el observar el Mediterráneo desde la carretera N-340 y las blancas casas que estaban próximas a él. Sentí envidia de sus habitantes y de lo privilegiados que eran. ¿Lo sabrían ellos?

Antes de llegar a un desvío que nos había de llevar a Montmar y ya en las cercanías de Tarragona, el conductor me hizo observar el Puente del Diablo, cuya designación también hace referencia a varias docenas de antiguos puentes que, según la tradición popular, habrían sido construidos por el diablo, con su ayuda o incluso en contra de sus deseos. La mayoría son puentes en arco medievales, que se identifican, casi siempre, por los inconvenientes técnicos superados en su construcción, aunque en muchas ocasiones también por su estética o gracia, o por su importancia económica o estratégica para la comunidad a la que servían.

Este estaba en las proximidades de Tarragona y, como en otros de nombres similares, cuenta con su particular leyenda. En este caso, se trataba de un acueducto que permitía en la época romana el abastecimiento de agua al sector residencial de Tarraco, que estaba garantizado por dos acueductos procedentes de los ríos Francolí y Gayá. Las aguas del río Francolí llegaban a Tarraco a través de una larga conducción a la que corresponde el llamado Pont del Diable o acueducto de Ferreres, obra con dos órdenes de arcos superpuestos de mampostería —once arcos el inferior y veinticinco el piso superior—, sin más ligazón que la coaxial de los pilares, levantada para salvar el desnivel de un barranco, llamado Dels Arcs, próximo a la ciudad.

El nombre de acueducto del diablo se debe a una leyenda popular que cuenta cómo el diablo solicitó una doncella a cambio de levantar la construcción en una noche antes de que los gallos cantaran. El prometido de la joven despertó a todos los gallos de las granjas vecinas imitando su canto, contestando los gallos antes de la hora prevista. El diablo, al ver que había perdido la apuesta casi habiendo construido el acueducto, huyó sin conseguir a la doncella.

Esta obra de ingeniería ha sido tradicionalmente fechada en época de Augusto. Es un buen ejemplo del tipo estructural más sencillo y menos estable, pues la ruina de algún elemento arrastraría, teóricamente al menos, la de todos los demás, especialmente si pertenecía al orden bajo. Los sillares están almohadillados, animados en apariencia por la estética brutalista de la Porta Maggiore Claudiana (Puerta Mayor) o Porta Prenestina. El dibujo del ingeniero Josep Boy, fechado en 1713, nos muestra el acueducto principal de Tarraco en alzado y sección y en un momento de abandono. Tiene unos doscientos metros de longitud y una altura máxima de veintiséis metros y un ancho de bóveda que se aproxima a los dos metros.

En esta zona, las tierras que no están en las proximidades del mar están dedicadas básicamente al cultivo de viñedos, algarrobas, almendras e incluso avellanas y olivos, cuyas aceitunas arbequinas son de gran calidad tanto para la elaboración de aceite como para degustarlas sazonadas.

Después de observar todos estos parajes, hemos llegado a un desvío para acceder a una carretera que casi era un camino rural de tierra, que nos llevó a desembocar en una calle muy empinada, que, según pude observar, se llamaba calle de la Barca, como pude con dificultad leer mientras descendíamos por ella. Por fin llegamos a una gran plaza o andén a la vera de un puerto donde aún no habían llegado las barcas de faenar. El conductor me comentó:

—Caballero, esto es Montmar. Espero que disfrute usted de su estancia en este espectacular lugar.

—Muchas gracias —le respondí.

Descargué el petate y le aboné el coste del viaje a aquel apartado lugar que no estaba ni en los mapas más reconstruidos de la actualidad. Al bajar del automóvil, percibí un leve aire fresco con olor a maresia.

Después de coger el petate, se me acercó un perro, un terranova negro de gran tamaño, del que con el transcurrir de los días supe que le llamaban Tizón. Un perro que no era de nadie, pero que todos cuidaban. Era como la mascota del lugar. Me comentaron que era el guardián de los niños y, por las anécdotas que me han narrado, no les falta razón. Su refugio guarida está en las naves del puerto.

Me quedo contemplando el muro de las casas que forman aquella plaza, todas ellas están enjalbegadas de blanco, que resalta a la luz del sol. Además, advierto que el suelo de la plaza y un gran altar que hay en un extremo de ella son de granito, al igual que el umbral de todas las puertas, mientras que el dintel y el marco del hueco de la puerta estaban recubiertos con ladrillos vitrificados de color azul. Las ventanas también tenían el vierteaguas, el dintel y las jambas del mismo material y los tejados eran de tejas esmaltadas o vidriadas de Borgoña, también de color azul, que con el reflejo de la luz solar proporcionaba unos tonos azulados a las fachadas y a todas las calles del lugar, cuyas rejas de las ventanas estaban pintadas de verde hierba, lo que hacía resaltar todas las plantas que había en las ventanas, algunas de las cuales se enredaban como oropeles a las verdes rejas. Me quedé contemplando aquella imagen, pues en las ventanas había también colorados y blancos geranios que lucían refulgentes en las ventanas del primer piso y en el inferior.

No sé **cómo expresar la sensación que siento al volver a ver el mar, ese mar Mediterráneo al que de alguna manera me siento** vinculado. Si navegas en ese acopio de agua azul, la ciñes desnudo o la trabajas y te da de comer, la mar es femenina; si lo contemplas vestido embutido con vestimenta y corbata desde tierra y ajeno a la vida que en él existe, el mar es masculino.

Me dirijo con el petate al hombro hacia la taberna del puerto, como rezaba en un gran rótulo que había en la puerta y cuyas ventanas estaban repletas de geranios colorados y parecía que envolvían cordialmente las rejas de la ventana como si fueran espumillón de un árbol navideño que se había quedado allí por negligencia. Junto a los colorados geranios había un nutrido grupo de lavandas y jazmines que se empeñaban por aromatizar el céfiro que las balanceaba mansamente.

Pensé que aquel era un lugar idóneo para los viajeros ocasionales y posiblemente para todo aquel que llegaba al puerto.

La puerta de la taberna cuando la empujé chirrió. Fue el único sonido que oí y en la misma puerta he dejado mi incómodo y pesado equipaje. Inmediatamente, un hombre alto, corpulento, de llorosos ojos azules como el cielo y pelo grisáceo tan lanudo como el de Uribe me extendió la mano gruesa y rugosa a la vez que me decía:

—Muy buenas, caballero. Soy Marcos, el tabernero. ¿En qué le puedo ayudar?

—Yo soy Benjamín, pero me suelen llamar Beja.

—¿Es usted marinero?

A lo que le respondo que no y él continúa hablándome, ya que parece incansable en el hablar.

—Es que yo he sido sargento fogonero de la Armada española, como mi abuelo y mi padre, antes de instalarme aquí como tabernero. Ellos me contagiaron lo de navegar, pues los dos habían dado la vuelta al mundo a bordo de un barco de la Armada española y mi padre incluso navegó en el buque escuela Juan Sebastián Elcano. De mi anterior vida no he olvidado los francos de ría: expresión que significa permiso para los marinos y que se remonta a los tiempos antiguos de la Marina en que los marineros que disponían de permiso tenían que llegarse en bote a puerto franqueando la ría desde la embarcación fondeada en la costa.

»Recuerdo gratamente las partidas de mus, de chinchón o de tute refrescadas con cubatas que en la camareta de oficiales celebrábamos con frecuencia entre aquellos, que los llamábamos los chapas, pues tenían en su haber una gran cantidad de condecoraciones o medallas debido a sus muchos años de servicio. Sus palas de graduación también son metálicas en el traje de verano. Además, en los días de guardia solían llevar la gola, que es una pequeña pieza brillante de metal dorado que el oficial de guardia a pie de la escala lleva colgando del cuello. Pues bien, esa pequeña pieza de latón semiovalado y que lleva resaltado el escudo de la Armada española es conocida como gola y puede llegar a sorprender a muchos cuando descubren que es la última reminiscencia de las antiguas armaduras que ha conseguido sobrevivir hasta nuestros días en el ámbito castrense.

Marcos continuó su conversación diciéndome:

—Pero yo un día decidí quedarme en tierra y disfrutar de mi adorada familia porque para eso la tengo y a veces se ha de saber priorizar. Ahora disfruto de mi mujer, Marta, y de mis dos hijas, Lucía y Elena. Es otra forma de vida de la que cada vez me siento más satisfecho de haber preferido. A mi familia ya la conocerá si es que piensa quedarse aquí muchos días, cosa que le aconsejo. Marta, ¡¿puedes salir?! —le oigo que grita y de inmediato por la puerta de lo que parece la cocina aparece una mujer.

El tabernero me la presenta como Marta, su mujer.

Es, más bien, alta, ojos parsimoniosos, azules como el agua del mar, y el pelo castaño rizado y que luce un escamondado delantal blanco que realza todos los encantos de la cincuentenaria y cordial dama, que, sin duda, ama a su marido a pesar de que la vida con él en ese sombrío lugar y el continuo trabajo diario se han vuelto rutinarios, apáticos. Lo que le hace mostrar una cierta apatía. A ojos de todos, su vida es fastuosa.

Por lo poco que pude hablar con ella, me pareció una mujer tranquila y extrovertida, quizá depende de la situación. También me permitió observar que era muy limpia y ordenada. Parece que es directa, abierta y, al mismo tiempo, un poco tímida.

Y le comenté a Marco:

–Ahora lo que más me urge es encontrar un alojamiento, ya que comer observo que en la taberna del puerto lo podré hacer.

Así que le pregunto al tabernero. Estas personas, por su profesión, todo lo referente a los viajeros lo suelen saber.

—Don Marcos, ¿usted sabe dónde me podría alojar por unos días?

—Beja, por favor, para usted y para todos soy Marcos nada más y nada de tratarme de usted.

Marcos, muy amablemente, me lleva hasta la puerta de la taberna y, señalando al frente, me dice:

—¿Ves? Aquello es la cofradía de pescadores.

El edificio tenía por la parte que daba al puerto o fachada principal la forma de la popa de un gran navío.

—Desde hace un tiempo también, como puedes ver en el rótulo, se le llama también hogar del marinero.

Me despido de Marcos con un apretón de mano, que tal y como la da este hombre me estoy cuestionando si volvérsela a dar.

Me dirijo con el petate al hogar del marinero y en la puerta me presento a un señor de avanzada edad que me dice que se llama Pedro. Nos estrechamos las manos y le comento que estoy de paso en Montmar y desearía un lugar donde asearme y descansar, pues como las aves migratorias al final del viaje necesito ya con urgencia asearme y reposar.

—Acompáñeme —me indicó.

Y por unas escaleras que me parecían las de un navío subimos al piso superior, donde un cartel decía «camaretas de marinería».

Pedro abrió la puerta que daba a un largo pasillo y me invitó a entrar al tiempo que me decía:

—Yo soy el contramaestre de la cofradía de pescadores desde que se fundó. Los puestos de responsabilidad no los quiere nadie y hace ya unos años decidimos hacer unos camarotes para marineros y personas de paso. En este piso están los de marinería y en el superior está el de marinería femenina, que en la actualidad no suele haber, pero así si viene algún visitante femenino siempre tiene un lugar donde alojarse. Por un precio muy módico.

—Muchas gracias —le respondí.

—En el piso superior están las cámaras de oficiala, destinadas a las mujeres, y arriba del todo una terraza donde en unas cómodas tumbonas se puede tomar el sol y en la pequeña piscina que ocupa parte del piso y permite poner los pies a remojo. En principio, este edificio no estaba pensado así, pero a menudo llegan barcos que hacen escala y, como esto era un prestigio para el lugar, decidimos habilitarlo también como lugar para descansar. Y en especial en verano, que llegan algunos yates al puerto y una goleta que regularmente llega de las Baleares. Esto ha supuesto una gran ventaja para Montmar, pues todos los que vienen algo suelen adquirir en las tiendas del lugar y luego en la taberna del puerto suelen comer.

Me pareció una interesante opción y así se lo hice saber diciéndole:

—Es una formidable idea. Aunque sea un poco más de trabajo, también es distracción y atracción para este bonito y pintoresco pueblo.

—Muchas gracias —me respondió a la vez que me decía—: Venga que le enseñaré su camarote.

Abrió la puerta del rellano donde figuraba el rótulo donde se podía leer «camarotes para marineros». Me sorprendió la gran intensidad de luz natural que había gracias a un lucernario cenital y de un gran ventanal situado en el rellano. El gran ventanal del rellano era lo que desde el exterior simulaba a la popa de un gran navío. Los forjados eran de lucernarios cenitales que permitían la entrada de la luz desde la planta superior hasta el mismo vestíbulo de la entrada.

La puerta daba acceso a un largo pasillo iluminado por ojos de buey, a través de los cuales se podía observar el mar al final de este. Había una puerta con un rótulo en el que se leía «letrinas». La abrió y un nuevo pasillo, también iluminado por ojos de buey a todo lo ancho, permitía ver dónde estaban los servicios y a continuación estaban las duchas. Y un par de lavadoras y todo ello escrupulosamente limpio, intachablemente escamondado y en admirable estado de conservación, cosa que le comenté a mi anfitrión a la vez que le felicitaba, cosa que me agradeció. A lo largo de todo el pasillo principal estaban las puertas de los camarotes, siete en total. Todos ellos con una placa circular donde figura el nombre de un marinero español ilustre, como Jorge Juan y Santacilla, Juan Sebastián Elcano, **Alcalá-Galiano** y Pinedo, Victoriano Sánchez Barcáiztegui, **Blas de Lezo y Olavarrieta, Fernando Villaamil Fernández-Cueto, Félix de Azara.**

Don Pedro me comentó:

—En la parte superior, las siete camaretas similares a las de este piso, con la salvedad de que en ella dentro tienen un pequeño lavamanos, un espejo y un armario para los enseres de aseo, así las señoras pueden asearse y acicalarse dentro de la misma camareta, ya que incluso disponen en su interior de una pequeña ducha. Las camaretas para las señoras tienen el nombre de mujeres ilustres relacionadas con el mar, como Jeanne Baret, Isabel Barreto de Castro, Ana María de Soto, Anna Corbella i Jordi**, Ane Davidson**, Tamara Echegoyen Domínguez, Anne Bonny.

Aquí en el pueblo todo está construido tomando como medida el remo.

Le di las gracias por todo y le dije que otro día continuaríamos hablando. Tenía ganas y necesidad de asearme.

Pero mi anfitrión aún tenía que darme la llave de mi camarote. Y me comentó:

—Acompáñeme.

Entramos en su escritorio y, de un gran mural donde había varias metopas, descolgó un llavero circular donde en el centro había una placa que decía «Blas de Lezo».

—Tenga, este es su camarote, en el que encontrará un armario con la ropa de cama, que se la tendrá que hacer usted. También hay dos toallas, una de baño y otra para la cara y manos, y una talega, dentro de la cual hay otras cuatro más pequeñas. Son para poner la ropa sucia si quiere que Aanisa, que es la persona que hace la limpieza, se la lave.

—Muchas gracias, don Pedro. Voy a instalarme.

Me pareció que lo dejaba con la palabra en la boca, pero ya se había hecho tarde. Al salir me encontré frente a frente con una mujer que me saludó muy amablemente diciéndome:

—Buenas tardes. Soy Aanisa, me encargo de la limpieza y orden de toda la cofradía de pescadores y el hogar del marinero. Si lo desea, me puede dar la talega con la ropa que necesite lavar y mañana ya la tendrá lista y solo me ha de dar la voluntad o, lo que es lo mismo, lo que usted crea oportuno. Si quiere que le lave la ropa, al marcharse, deje la talega delante de la puerta y yo cuando la tenga lista se la dejaré en el mismo lugar.

—Muchas gracias —me limité a decirle.

Abrí el camarote, que todo él era de madera de contrachapado barnizado de color teca, como si de un auténtico barco se tratase. A la derecha tenía un armario, en el que introduje el petate, no sin antes sacar la ropa sucia, que puse en la talega, que al igual que el resto de las prendas estaba bordada con la inscripción «Montmar, hogar del marinero Blas de Lezo». En la cabecera de la cama, había una pequeña mesita de noche adosada a la pared y en cuyo cajón había útiles de limpieza y todo estaba muy nuevo y escamondado.

Tomé las toallas y me dirigí a la ducha. Dentro había unos dispensadores de champú y de gel. El agua estaba a una temperatura ideal, así que me aseé perfectamente. Después de lo cual, me fui al camarote, eché un vistazo por el ojo de buey que facilitaba luz al camarote y a través del cual se veía la calle de la Barca. Corrí la cortinilla, me vestí con ropa limpia y mis mocasines azul marino. Dejé la talega en la puerta, tal y como me había indicado Aanisa, pues me pareció que lo que le pudiera dar era una forma de ayuda para ella y su familia y, dado lo limpias que vi todas las dependencias, creo que se lo merecía.

Bajé hacia la calle y don Pedro, que estaba en la puerta, me comentó:

—¿Le ha gustado el lugar? —Sin darme opción a responder, añadió—: En su rostro observo que sí. Parece usted otra persona. Ahora le recomiendo que vaya a la taberna del puerto a cenar y si le ofrecen sopa no la rechace, es de auténtico pescado y Marta la hace mejor que bien.

—Muchas gracias; así lo haré.

A pesar de que pensé en el dicho de que la sopa calienta el diente y engaña al vientre, pero me pareció más prudente callarme y si me preguntaba tampoco le pensaba decir como aquel comensal que ante la pregunta del camarero:

—Señor, ¿cómo está la sopa?

El comensal respondió:

—Caliente.

Salí del hogar del marinero mientras la mirada se precipitaba hacia el pantalán, donde había un barco atracado. Me dirigí hacia la taberna del puerto, empujé la puerta hacia el interior, que chirrió como un lamento de dolor, y entré. En la taberna, apenas iluminada por un gran farol central. Farol que, según todos los indicios, había sido un farol de pesca del calamar artesanal para laúd. Según constaba en una placa de potencia: dos mil bujías. Combustible: propano. Cuerpo de acero inoxidable y campana de cristal. Y que, al parecer, cuando llegó la luz eléctrica a Montmar Marcos lo reconvirtió a eléctrico y con aquel único punto de luz la taberna quedaba perfectamente iluminada.

Rápidamente, Marcos se me acercó y muy amablemente me invitó a sentarme donde quisiera. La verdad es que no era difícil escoger un lugar, ya que estaba solamente yo. Me senté en una esquina de la taberna, desde donde podía ver la puerta de entrada y la plaza del puerto iluminada y al fondo el rótulo donde se podía leer «Cofradía de pescadores. Hogar del marinero». No me había acabado de sentar y se abrió la puerta y apareció un muchacho joven de casi dos metros de altura, que se acercó hasta mi mesa, me saludó y muy correctamente me preguntó si podía sentarse en la misma mesa donde estaba yo. Lógicamente, le comenté que sí y llegó Marcos, que lo saludó con una palmada en la espalda y, dirigiéndose a mí, me dijo:

—Es Tonet, mi futuro yerno, que trabaja de albañil con Raúl, el padre de Quim. Ya los conocerá. Como todos los del pueblo, es muy buena gente. Tonet es de un pueblo cercano. Durante la semana, hace vida en casa de Raúl; pero a cenar y a veces a desayunar viene aquí y así ve a Lucía, mi hija y su prometida. Los viernes con una moto Derbi 250 turismo con sidecar se marcha a su pueblo con mi hija. Tonet, un día podrías llevar al señor Benja a dar una vuelta con la moto por los alrededores. ¿Le gustaría, Benja? Bueno, ahora cenen, hablen, se conocen y ya decidirán. Voy a traerles el pan y recuerden: pan.

Hoy se me ha ocurrido escribir sobre este producto tan popular en la historia de la humanidad, como es el pan. Aquí os lo hago llegar para vuestro discernimiento. Gracias por leerlo.

«Pan»
Pan panem, brot, pa,ogia, pain, kruh, leib, bread, arán, duona, pão, chleb
pan o vino

pan ácimo

pan amasado

pan andaluz

pan artesano

pan bajo el brazo

pan bazo

pan bendito

pan birote

pan blanco

pan blando

pan bodigo

Pero no sabría decir si era por el mucho tiempo que llevaba sin probar algo caliente, sino, porque, en realidad, lo era. Ahora que recapacito era porque realmente lo era. El caldo era espeso y condensado, con un sabor a pescado que no recordaba cosa igual.

De segundo nos sirvió unas albóndigas de pescado que también las degusté con excelente apetito y mojando sopas de pan en la salsa, que, a decir verdad, no sé si era mejor que las albóndigas o no. Lo que sí sé es que me sacié del hambre que llevaba cuando entré en la taberna, tomando algunos tragos del porrón con vino que nos había dejado Marcos sobre la mesa. Un vino que, según me comentó Tonet, era de la comarca.

Estaba entusiasmado con la cena, que ha sido de las de toma pan y moja. Estaba conversando con Tonet, cuando entró don Pedro, el contramaestre de la cofradía de pescadores. Nos saludó y pidió permiso para sentarse en aquella misma mesa. En aquel instante, se oyó el sonido de un bucio y don Pedro exclamó:

—Ya está entrando el Natare. Ese es el barco de mi hijo Lucas, el laúd Natare. En cuanto hayan atracado, vendrá para acá a cenar con nosotros.

Yo aproveché para decir:

—Precisamente, es el barco que yo deseo ver. Supongo que su hijo no tendrá inconveniente en dejármelo ver.

—Por supuesto que se lo dejará ver e incluso, si lo desea, navegar en él.

Entonces creí oportuno que cuando estuviésemos todos les explicaría que estaba haciendo una investigación sobre los barcos del Mediterráneo, como el laúd y el caique. Y otros como la levantina.

Don Pedro continuó diciéndome:

—Al sol de la mañana, he navegado por una mar tranquila en mi viejo laúd de madera, donde como viejo marinero le daba las primeras lecciones a mi hijo Lucas. Zarpábamos del puerto de Montmar y algunos días a esa hora de zarpar veíamos a un navío que iba cargado de jóvenes pasajeros que desde la cubierta nos saludaban agitando los brazos. Eran los modernos argonautas en busca del nuevo vellocino de oro. Yo icé la vela y le cedí a mi hijo Lucas, aún niño, la caña del timón mientras le decía que el mar no quiere héroes que lo desafíen, sino navegantes cautos, duros, discretos y sagaces que lo respeten. A los audaces vanidosos el mar los suele humillar muy pronto y al menor descuido los manda al abismo. En el mar lo más elegante es ser cauteloso. De hecho, a los navegantes humildes e incluso a los asustadizos, cuando dan la talla, los confiere de una dignidad y un orgullo que creían no tener. El mar es una gran escuela de moral que te enseña a ser juicioso y astuto, como lo era Ulises.

»La adversidad que encontrarás en tierra es la misma que en el mar le da el viento contrario. Nunca hay que enfrentarse a él directamente ni tampoco rendirse. El viento contrario se afronta desde un ángulo que te permite ir contra el viento gracias al viento o contra el temporal sirviéndote del temporal. También en la vida deberás aprovechar las leyes de la necesidad para ganarle cada día una pequeña parcela de libertad al destino. Recuerda, hijo, que si lo contemplas vestido con traje y corbata desde tierra y lo señalas con el dedo el mar es masculino; si lo navegas, como yo deseo que tú hagas, lo abrazas desnudo o lo trabajas y te da de comer, la mar es siempre femenina. Pero sea el mar o la mar, cuando sientas que el viento atraviesa primero tu cuerpo y antes de hinchar la vela llena tu corazón ya nunca podrás olvidar que eres un navegante, un auténtico marino.

Esas cosas le decía el viejo marinero Pedro a aquel niño, su hijo Lucas, en cuyo pulso muy firme vibraba por primera vez la caña del timón.

De pronto, se abrió la puerta de golpe con su ya clásico rechinar de grillo como si la hubiese abierto un golpe de aire y apareció un grupo de hombres y dos mujeres; como siempre suele suceder, las mujeres eran menos que los hombres.

Se sentaron en la mesa y Marcos les sirvió la comida mientras dirigiéndose a mí me decía:

—Este barco lleva las mujeres más guapas de Montmar. —Ellas esbozaron una leve sonrisa a la vez que Marcos me decía—: Esta es Marina, la novia de Tomás, el serviola, y esta otra es Marina. Como a ella le gusta matizar, es de ascendencia gallega, dice que es el ojito derecho de su padre, un sargento fogonero de la Marina que ha estado embarcado en el Juan Sebastián Elcano y que tiene una larga historia de su vida militar.

Para contar, Marina no es especialmente pequeña ni primordialmente alta, de constitución delgada y menuda, tiene unos bellos ojos verdes y almendrados, el cabello castaño liso y reflejos rubios, que cuida meticulosamente a diario para que no se le rice. Parece muy cordial, es risueña y muy zalamera y, como se diría en su tierra de origen, es *xeitosa* y *feitiña* y posiblemente esas dos condiciones, además de otras muchas, atrajeron a Tomás. Marina es una gran mujer, con una gran fuerza de voluntad, capaz de conseguir todo aquello que se proponga. Sus manos tejen, bordan y cosen que es un primor. Mucha de la ropa que lleva se la hace ella e incluso a Tomás le ha hecho alguna zamarra de pana. Sin lugar a duda, será una magnífica esposa, una maravillosa madre e incluso una abuela envidiable, de esas que siempre tienen tiempo para sus nietos. Después de presentar a Marina, Marcos se acercó hasta la otra mujer y me dijo:

—Esta se llama Sara, es la mujer de Lucas.

Era una morena más pálida que sonrosada, la nariz pequeña, la boca fresca, la cabeza y la frente muy bien modeladas, el cabello castaño encrespado en artísticos remolinos naturales sobre una frente ancha y nobilísima, que parecía hecha explícitamente para rodear los laureles de una corona. Y los ojos garzos muy vivos, de mirada profunda, de color miel, ni grandes ni pequeños, más baja que alta.

Su figura es redonda y bondadosa. Tenía el cabello castaño, todo era en ella gracioso.

Ni que decir tiene que Marcos tenía razón al enaltecer así a aquellas dos mujeres.

Empezaron a servirles la cena a los recién llegados y don Pedro tomó la palabra diciendo:

—Lucas, este señor que ves aquí con nosotros es Benjamín, Beja para los amigos, y está interesado en que le enseñes el laúd, tu Natare.

Lucas respondió:

—Eso está hecho ya. Mañana, si puede, nos espera en el puerto y al llegar yo, el serviola Tomás o cualquiera de los otros marineros se lo enseñarán.

—Muy agradecido —les respondí—. Mañana allí estaré cuando lleguen, no faltaré. Y ahora permítanme que me retire a descansar.

Me levanté de la mesa, me dirigí hacia Marcos para pagar y este inmediatamente me rechazó el billete que le estaba ofreciendo, diciendo:

—Mañana ya hablaremos de las deudas, ahora a descansar.

Dirigiéndome a todos, les dije:

—Muy buenas noches y mañana espero volverlos a ver.

Abrí la puerta, que tornó a chirriar como un grillo, al igual que cada vez que se abría o cerraba. Al salir ya tenía a mi lado a Tizón, que, sin lugar a duda, esperaba el trozo de pan que le di y se marchó a su guarida, en la puerta del almacén. El que no se alteró fue un gran *setter* de pelaje tricolor, del que me avisó Marcos que se llamaba Pardo y del que no tenía nada que temer, que era muy manso y que hacía tiempo que se lo había regalado a Lucas su mujer, Sara, y ya en Montmar todos lo conocían. Efectivamente, cuando salí, ni tan siquiera me miró, estaba más pendiente de sus dueños dentro de la taberna que de lo que pasaba a en su entorno.

Caminé hacia el centro de la plaza mientras observaba cómo en torno a la bombilla de la farola revoloteaban cientos de polillas y ninguna se topaba con las otras.

Seguí caminando hasta que me senté en la base del altar que había en la plaza y allí, casi embobado, contemplé aquella gran luna llena que clavaba como afiladas saetas sus rayos en las tranquilas aguas de la bocana del puerto y se la veía rielar sobre ellas. La luz de la luna bastaba para ver con claridad cómo Tizón reposaba en su guarida de la puerta de un almacén, mientras Pardo, un *setter* de pelaje tricolor que permanecía tumbado en la puerta de la taberna, donde Lucas le comentó a Marcos que lo había dejado.

Estaba tan pensativo contemplando aquel espectáculo que me vino a la mente aquella antigua leyenda de estrellas de autor anónimo que había casi aprendido de memoria en mis tiempos escolares y que explicaba más o menos así:

Cuenta una antigua leyenda de los sumerios, que decían, que dijeron, que en un lugar ubicado entre las explanadas aluviales de los ríos Éufrates y Tigris había una serranía de verdes montañas desde las que manan riachuelos y arroyos consagrados a Erido, dios de la beneficencia, controlador del agua dulce. En las laderas de esta serranía se alzó un poblado *arrajup,* en el que una virgen, a quien llamaban Feraleg, consagrada al dios del cielo, Anu, fue tomada de la mano de Enlil, dios del viento, quien la llevó hasta lo más alto de las nubes, soltándola para que cotejara los pueblos desde lugares de preeminencia.

Relatan los astrónomos de la época que aquella doncella anduvo volando por el nimbo remontándose hacia las alturas y transformándose en una estrella casi imperceptible a los ojos humanos.

Estrella a la que alumbraron con su cambiante luz, sus varios cielos, solsticios, equinoccios, eclipses, auroras, amaneceres y ocasos. En sus andaduras por los cielos, se detenía en el horizonte y le gustaba verse reflejada en los lagos y ríos de donde procedía. En su tránsito por el firmamento, encontró un sol a cuya órbita se unió. Posiblemente de la implosión de ambos, emergió un lucero blanco como los copos de la nieve, resplandeciente como sus progenitores, y junto a ellos rumbeó dentro de sus órbitas y siguiendo el deambular de quienes le alumbraban por las regiones celestes.

Eran envidia de las pléyades, las nereidas de Hero o Mérope. Su luminiscencia peculiar la hacía diferente a las estrellas del cielo del norte, que de por sí son diferentes a las estrellas del cielo del sur.

Un cataclismo celeste tornó negro el resplandor del firmamento y muchos de los astros, soles, lunas, estrellas, luceros y cuerpos celestes desaparecieron y cuando nuevamente el sol iluminó el día y la luna las noches se evidenció que la hecatombe dejó a la estrella y al lucero blanco como el espinazo de un armiño, sin su sol protector e inmersos en un profundo lloro cuyas lágrimas se transformaron en diminutos puntos luminosos que quedaron desparramados por la Vía Láctea trazando el camino que la estrella recorrió en su solitaria andadura.

El par de astros, lucero y estrella, merodearon por el firmamento, de una constelación a otra. Se acercó a Casiopea, estuvo cerca de Pegaso, se arrimó a Lupus, se avecinó a Aries; pero no encontró el resplandor, ni la luz ni el calor que andaba escudriñando.

Narra la leyenda que, en un momento de la traslación por el firmamento, la estrella se topó con un ángel. Ángel de los que forman las cortes angelicales que se acercan a las estrellas para favorecerse de su luz, escarmenan las cabelleras de los cometas, explayan y acopian el bordado de estrellas en las noches de luna nueva, encienden y dan brillo a las auroras polares, pintan los colores el arcoíris, o asistir y servir a los que requieren su ayuda.

La convergencia de ambas mitológicas entelequias facilitó el que el ángel buscase en las alturas un lugar de cobijo y aposento de la estrella y su lucero.

Pero el ángel desaparecía y aparecía, quedaba en silencio, pero consciente de su obligación. Pedía disculpas por estar tantos días en silencio, asegurando que el silencio no era por olvido. Le explicó que, a veces, los ángeles suelen batir las alas y se van por el espacio infinito volando de un lado para otro, viendo desde lejos el aparecer y declinar de cada día. Remontan el vuelo, se lanzan en picado sobre las nubes, juguetean en el infinito, pero siempre tienen en el pensamiento a las estrellas, a las que un día acompañaron por el firmamento para hacer algo más llevadero el camino, que, al igual que los de la tierra tienen sus baches, socavones, planicies, montículos e incluso con alfombra de flores o hierba verde y fresca que al sentirla bajo los pies parece que uno no camina, sino que levita y toma impulso para la etapa nueva.

El ángel recobró su obligación y, con su batir de alas, llegaron a contemplar un grupo de estrellas que no se desvanecían jamás.

Los sabios y neófitos, astrónomos y estudiosos han creído ver en ellas objetos muy diferentes. Los griegos lo llamaban el Carro; los antiguos galos, el Carro de Arturo; los norteamericanos, el Cazo; los ingleses, la Carreta de Carlos o el Oso Grande.

La leyenda narra que en su situación en el cielo forma un carro por la forma que dibujan sus siete estrellas principales, tres de las cuales forman el brazo del carro, siendo la del medio la más brillante y de nombre Mizar. Mizar ocupa el lugar del corcel níveo que arrastra el carro. El ángel observó que el palafrén blanco carecía de jinete y hasta su montura llevó a la estrella, se acomodó en su montura y se le bautizó con el nombre de Alcor, y que solo es perceptible para un observador muy atento.

Desde hace milenios de períodos, el poder distinguir a estas dos estrellas a simple vista constituye un ejercicio clásico de agudeza visual. Físicamente, las dos estrellas están separadas, aunque sus movimientos propios indican que se mueven juntas con luminosidad sin igual, transfiriendo la una a la otra todo cuanto les da vida, grandeza, gloria y resplandor e irradiación.

Es solo una leyenda, una de las muchas de historias de estrellas y mundos de ficción que se pueden leer y hacer pensar a quienes en el bastidor de su mente tejen bordados de soledad con hilo de recuerdos enhebrados en aguja de nostalgia.

Oí el chirriar como un grillo de la puerta de la taberna y Tizón correr hacia ella y eso me hizo reaccionar. Me levanté y me dirigí a la cofradía de pescadores u hogar del marinero. La fachada, y atraídas por la luz, estaba salpicada de suicidas polillas que revoloteaban alrededor del farol que iluminaba la entrada y permitía ver a una salamanquesa que acechaba a alguna polilla.

La puerta de cristal estaba cerrada, pero al instante apareció un hombre que desde dentro la abrió a la par que me decía:

—Buenas noches. Soy Eladio, el marinero de guardia, y usted debe de ser el ocupante del camarote Blas de Lezo.

—Sí, señor —le respondí a la vez que me permitía la entrada.

Eladio se ofreció para acompañarme a mi camarote, pero se lo agradecí, pues ya sabía dónde era. Al subir la escalera, entendí mejor que el sofá que había debajo de ella era para el descanso de los marineros que estaban de guardia.

Nada más empezar a subir las escaleras y detrás de mí oí la voz de Eladio que decía:

—Si lo desea, mañana le puedo llamar a la hora que desee. Yo estoy aquí hasta las seis.

Me volví y le dije:

—Muchas gracias, no es necesario. Muy buenas noches.

Eladio era un hombre alto, enjuto y de tez cobriza.

Gentil, de cabellos negros y rizados donde solo se advertía tal cual hebra plateada, la tez fresca y sonrosada, el pequeño bigote retorcido hacia arriba, la dentadura perfectamente conservada.

Irrumpí suavemente en mi camarote levemente iluminado por la luz de la luna que entraba por el ojo de buey. Ya tenía ganas de acostarme, dado que estaba cansado, pero antes me dirigí hacia las letrinas para ducharme y ver por el ojo de buey el mar que bajo la luz de la luna brillaba como un enorme papel de plata. Cada ola parece dirigirme un parpadeante centelleo que crea un ambiente sorprendente. Dejo de admirar el asombroso espectáculo y paso a la ducha antes de enfriarme más. Salgo de la ducha totalmente renovado, dejo la toalla colgada en el ojo de bey y me dirijo hacia mi camarote, me tiendo en la cama y me tapo con una sábana que tiene un grato olor a limpio. Miro un tiempo por el ojo de buey que da a la calle de la Barca. Hace una noche de luna llena muy agradable o, al menos, yo así lo percibo. Corro la cortinilla del ojo de buey, apago la luz y ya no recuerdo nada más. Creo que he dormido a pierna suelta, no me he enterado de nada.

En el camarote, lo único que he echado de menos con respecto a un barco ha sido el ruido del mar y el no tener un ojo de buey que me permita contemplar la luna rielar sobre el mar. La cama me ha parecido supercómoda. Con el pensamiento de lo bien que he pasado la noche, me incorporo, descorro la cortina del ojo de buey del camarote y veo la calle de la Barca vacía e iluminada por los faroles que hay en ella.

Me dirijo hacia las letrinas para asearme y, tras una reconfortable y agradable ducha, dejo la toalla a secar en el ojo de buey y me voy al camarote no sin antes echar un vistazo al exterior y ver el mar a oscuras y pudiendo así divisar las luces de un barco en la lontananza. Pienso que mejor alojamiento no podría haber pensado tener, disfruto del realismo de un barco y de la vista del mar como si estuviese navegando. Me dirijo al camarote a vestirme y percibo que el silencio es absoluto.

Curiosamente, el agua fría lo es en extremo y muy agradable de sabor, cosa que me sorprende algo, ya que a veces estos pueblos cerca del mar suelen tener un agua con sabor salobre. El agua caliente está en su punto óptimo a pesar de que, como siempre, me cuesta acondicionar la temperatura del agua de la ducha a mi gusto. Después de jugar con los grifos, consigo el calor del agua ideal para mí, pero eso me pasa siempre. Para el agua de la ducha, soy un poco especial. Para el agua de la ducha y para cualquier tipo de agua. Me desagrada no poderme tirar de golpe al agua por mucho calor que tenga, en la piscina, en el mar o en algún lugar similar. Primero me he de mojar del todo y luego tirarme para bañarme. La verdad es que siento una cierta envidia cuando veo a algunas personas que sin preámbulos previos toman el baño. Yo necesito un ritual que no lo veo lógico, pero, bueno, yo soy como soy.

Me he vestido con un pantalón vaquero y un polo de color burdeos y mis mocasines azul marino y así bajo las escaleras y sale a mi encuentro don Pedro, que me saluda diciéndome:

—Buenos días. Cuando tenga un momento, le hablo de la medida del remo que de siempre hemos usado en Montmar para la construcción de las viviendas.

—Muchas gracias. Luego ya vendré. Ahora voy a desayunar y luego quiero dar una vuelta por el pueblo para conocerlo y sacar algunas fotos.

Salgo a la calle y el golpe de aire fresco me termina de despertar. Cruzo la plaza bajo un sol radiante y la atenta mirada de Tizón, que ya me ha venido a saludar como si me conociera de toda la vida.

Observo el gran altar que hay en medio de la plaza al final de la calle de la Cruz y donde leo en una placa adosada a la pared «El pueblo de Montmar. A la memoria de don Andrés» y junto a él una vieja pero restaurada ancla almirantazgo. Ya me enteraré de la historia del tal don Andrés y de la procedencia del ancla. Seguro que si se lo pregunto a Marcos, mientras desayuno, me da la hora de la comida y aún no ha terminado de contármelo. Intuyo que el ancla es algún pecio hallado por estos mares, pues, según leí en cierta ocasión, en toda esta costa del Mediterráneo ha habido muchos naufragios, lo que atrae a muchos buscadores de pecios.

Las campanas dan las nueve de la mañana. A ser posible, mañana me gustaría levantarme más temprano, aunque no tengo nada que hacer ni ninguna necesidad de madrugar, pero tengo que tomar notas del lugar y de los barcos que hay por aquí. Bajo hasta la puerta de salida mientras oigo el graznido de las gaviotas, que a estas horas de la mañana se posan sobre el tejado de los almacenes del puerto a pesar de los obstáculos que les han puesto para que no se posen en esos lugares. Voy hasta el puerto a ver los veleros que hay allí atracados y observo en las velas cómo oscilan las catas de viento. Mientras respiro el frescor sobrio de la mañana y percibo el olor del mar, ese olor a maresia que me despierta y me invade muy gratamente mientras mis ojos se acostumbran a la claridad del amanecer. Hoy creo que será un día ventoso. Me dirijo hacia la taberna del puerto, cuyas luces observo a través de las ventanas, que ya están encendidas.

Abro la puerta de la taberna, que como un grillo chirría nuevamente, rompiendo el silencio matutino de la plaza, lo que me hace azorarme mientras observo arrebolarse los visillos de las ventanas.

Marcos viene hacia mí y me da los buenos días a la vez que me interpela:

—¿Deseas desayunar, Beja?

A lo que le respondo:

—Sí. A ver qué me ofreces. —Tú pide y lo tendrás antes de que puedas terminar de pedir —me dice mientras se ríe.

Pues bien, a ver si puede ser, le comento:

—Una tortilla francesa en un poco de pan con tomate y un vaso de vino blanco del que me serviste ayer y luego te pediré un café cortado, pero eso para cuando termine de comer.

Por la puerta de la cocina, veo aparecer a una joven muchacha que se acerca hasta nosotros y Marcos me dice:

—Esta es mi hija Elena, la pequeña. La mayor se llama Lucía, pero aún no está aquí. Está ayudando a su madre a recoger la casa.

Elena tiene como su padre los ojos azules, los rasgados ojos, blanca la tez, enrojecido el labio y un gracioso hoyuelo en la barba.

Tiene los cabellos como finas hebras de oro, las cejas perfiladas en arco, la nariz algo aguileña, el talle fino y esbelto, el rostro alegre y muy apacible. Llevaba una diadema sobre su frente; en sus pequeñas orejas, a guisa de zarcillos, dos gruesos solitarios asidos a sendos y sutiles aretes. Junto a los hombros y en las finas muñecas de los desnudos brazos y en las gargantas de los pies ligeros, brazaletes y brazales; y varios anillos en los afilados dedos de las manos, manos con dedos largos propios de una pianista y también en los dos dedos gruesos de ambos pies los adornaba con anillos, cuyo admirable dibujo no arruinó jamás rudo calzado de cuero y cuya desnudez dejaba ver la nítida blancura de la piel sonrosada y el limpio nácar de las pulidas uñas sobre las elegantes sandalias, que hacían un peculiar ruido cuando sus pies caminaban simulando el paso de las palomas zuritas.

Marcos le comentó a su hija:

—Prepárale al señor Beja una tortilla a la francesa con pan con tomate y, cuando la tengas, se la llevas a la mesa donde esté sentado.

Yo me senté en una mesa frente a la ventana que daba a la plaza. Allí podía ver tras los visillos los geranios que se movían por la leve brisa que corría fuera. Aquellas flores rojas y blancas me gustaba observarlas y más desde la plaza, pues daban un aire alegre a la sobria fachada.

Elena me trajo el desayuno, me lo comí con mucho apetito. El pan estaba muy apetitoso al igual que el resto de la comida que degusté con aquel exquisito vaso de vino que me sirvió Marcos a la vez que se sentaba junto a mí. A decir verdad, Elena tenía manos de pianista. Peor la comida, se le daba perfectamente al menos la tortilla a la francesa, que estaba muy jugosa y apetecible. El pan con tomate que me sirvió estaba crujiente y delicioso no solo por el buen sabor de los productos, sino también por la aceptada combinación de ellos, ni muy aceitoso ni poco, en su justa medida. He de manifestar que me hubiese comido dos raciones como aquella.

Después de comerme aquel apetitoso pan con tomate y la tortilla francesa, Marcos me ofreció un café y *perfumat o tocarét* (café con unas gotas de ron u orujo). Solo acepté el café con un poco de leche, que, según me dijo Marcos, era de cabra y lo he endulzado con miel, que también Salid se dedica a recolectar en unas colmenas que tiene en el bosque cerca del lugar.

Estaba tomándome el café, que era muy espeso y sabroso, y chirrió la puerta de la taberna como lo hacía cada vez que se abría o se cerraba. En este caso, se abrió y entró un hombre que se acercó hasta nosotros y Marcos me lo presentó diciendo:

—Said, este es el señor Benjamín o Beja, según dice él para los amigos. —Marcos continuó hablando—: Said es el hombre para todo aquí en el pueblo. Me acaba de traer el pan y la leche para el día, leche de las cabras que él mismo cuida. A propósito, Said, cuando puedas, quítale el ruido a la puerta, que ya vuelve a chirriar como un grillo.

—Vale —asintió Said—. Le pondré bisagras nuevas con un poco de vaselina, a ver si así dura algo más sin hacer ruido. Es que la humedad del mar oxida las bisagras —comentó aquel hombre dirigiéndose hacia mí. Yo me limité a asentir lo que decía.

Said era un hombre de complexión atlética, de mediana estatura y tenía la piel curtida del sol y del aire y una carilla avejentada, que, más bien, le hacía parecer de más edad de la que, en realidad, tenía. Ya que a la que Marcos le dejó hablar, me comentó:

—Mi mujer, Aanisa, ya me habló de usted. Ella es la que limpia en el hogar del marinero y me dijo que había llegado un nuevo huésped, por lo que al verle he deducido que es usted. Aquí no hay muchos más sitios donde desayunar ni a donde ir tan temprano. Y, como les digo a todos los que llegan a Montmar, si algo necesita, no dude en decírmelo.

Le agradecí su ofrecimiento y salí de la taberna no sin antes decirle a Marcos que estaría allí para comer y creo que la erré, porque Marcos inmediatamente vio la ocasión para charlar diciéndome:

—Para comer, ¿qué prefiere?, ¿un guisado de choco son patatas o de fideos con choco? Porque de segundo tenemos lo que esta mañana nos han traído del mar, que son bacaladillas fritas.

A lo que respondí con el temor de que siguiera preguntándome:

—Me da igual sepia con patatas que con fideos, lo que me ponga me lo comeré y ahora me he de marchar. Hasta luego, señores.

Salí y me dirigí hacia la izquierda para subir a la parte alta del pueblo por la calle que había detrás de la taberna, donde estaba la fábrica de hielo y donde pude al pasar ver que había habido unos lavaderos, de los cuales se conservaban aún las piletas que estaban llenas de agua que dejaban evaporar para obtener sal. Y pude leer «calle de la Fuente», así que ya sabía una calle más del pueblo.

Empecé a subir por ella hasta que llegué a la plaza de la iglesia.

Iglesia consagrada a la Virgen de Santa María del Mar, patrona de la localidad. Me siento orgulloso por hasta donde he llegado. Y tengo fe en hasta donde soy capaz de llegar. Lamento que esté cerrada la iglesia y no pueda admirar su interior, tengo la impresión de que dentro hay algunas cosas dignas de admirar. Otro día o en otro momento volveré e iré contemplando mejor el riachuelo que baja hasta el barranco y donde entre la espesa vegetación se cobijan ranas y donde entre algunas ramas de los matorrales que hay cerca de él aparece algún martín pescador o alguna grulla, que desde cualquier rama que les sirve de atalaya acecha a algún apetecible pescado que hay entre las piedras y el agua.

Hoy he intentado ver cómo pescaban, pero al acercarme hasta el lugar donde estaban han volado buscando un mejor y más tranquilo resguardo y zona de pesca donde no sean perturbados ni por las gaviotas que se acercan al lugar cuando no están por el puerto o rondando las barcas de pesca.

También he podido ver alguna rana que saltaba de una piedra a otra y desaparecía entre la vegetación de helechos, musgos, jancitos de agua, nenúfares, lotos y lentejas de agua y algunos cañizos. Bajo su pórtico hay unos bancos de obra donde se sientan los lugareños a contemplar las policromías de los atardeceres y la bravura de las olas en los días de temporal. Contemplo el lugar con gran atención y creo que es idóneo para contemplar las perseidas y, mirando las voluminosas nubes blancas que se levantan sobre el mar, se puedan contemplar las pareidolias más diversas y variadas.

Una baranda de forja hecha por José, el herrero, el forjador, circunda la plaza y protege de la denominada calle de Delante, con la curiosidad de que sentándose en los bancos de obra se puede leer en la baranda el nombre del pueblo, Montmar, y, a continuación, plaza de la iglesia, por debajo de la plaza de la iglesia por ser la de delante de la plaza. Paralela a esta, se enclava la calle de Detrás, formada por las fachadas posteriores de las casas que tienen su fachada principal en la calle Luna, perpendicular al acantilado del pueblo en la parte oriente. Esta calle comienza en la calle de la Barca y termina en la calle de la Fuente, que cuenta con un conjunto habitacional conformado por veinte casas de dos pisos cada una, a diez por vereda. La calle de la Fuente es empinada como la cuesta de Canido, o incluso más, al igual que otras del pueblo, y empieza en el mismo puerto.

Me siento bien acompañado por Said, que es de color de piel moreno por el sol, que hacía destacar unos ojos grises cuya mirada infundía respeto solo con observarlos cuando hablabas con él.

Salgo de la plaza de la iglesia y me dirijo a un camino de tierra y empiezo a caminar por él hasta llegar a un recodo de donde se puede observar perfectamente el mar. Me quedo mirándolo y a mi espalda tengo la montaña un tanto despedazada por una cantera, ya que de ella, por lo que deduzco, han sacado parte del granito usado en las construcciones del lugar. En el reloj del campanario suenan las campanadas de la una y media, así es que decido volver para estar a las dos en la taberna del puerto. Retrocedo lo andado y cojo un desvío que me lleva hasta un monolito en el que puedo leer «A don Andrés, nuestro párroco. El pueblo de Montmar». Ya le preguntaré a Marcos que me cuente qué pasó y cómo sucedió. Marcos es un eficaz correveidile, si bien todo cuanto comenta está muy documentado, no añade ni quita nada y es que la taberna es el corresponsal local.

En mi camino de regreso, paso junto al gran depósito de agua y veo el molino de viento que saca el agua, girando a buena velocidad. Me detengo y pienso en lo que el Quijote pudo sentir al decir: «Mire, vuestra merced —respondió Sancho—, que aquellos que allí parecen no son gigantes, sino molinos de viento y lo que en ellos parecen brazos son las aspas, que volteadas por el viento hacen andar la piedra del molino».

Las aspas de este molino no eran tan grandes, pintadas de amarillo y sobre un soporte pintado de verde parecía un girasol. El rotor es de los denominados de barlovento: no es fijo; tiene una cola de metal que lo dirige hacia el viento y lo permite captar la energía eólica independientemente de la dirección del viento.

Las aspas con poco viento giran y el movimiento circular de la rueda, gracias a un sistema de bielas, se transforma en un movimiento rectilíneo de las varillas o vástagos, que están acoplados por su extremo final, ya dentro del pozo, a una bomba de pistón que extrae el agua. Según el modelo de molino, se puede llegar a alcanzar una media de cinco mil quinientos litros por hora.

Constato que este molino de viento es una máquina muy antigua, pero recuperada y modernizada, que tiene un gran futuro gracias al gran ahorro energético y económico que supone su utilización y, a diferencia de otros tipos de motores o bombas empleados para el mismo fin, el molino de viento no contamina. Los habitantes de Montmar han sabido adaptar su buen sistema para la extracción de agua para llenar el depósito que suminista agua a todo el pueblo.

Dejo de admirar esta obra de ingeniería y sigo caminando por la calle de la Barca y paso por delante de la casa de Luis el Indiano, del que en su día me habló Marcos. Quizá conoció o estuvo con el marqués de Marianao, que fue regidor de La Habana y senador del reino en Cuba. Y que por estos lares, en Cambrils y Tarragona, tiene legados de gran importancia y de su historia en las tierras de ultramar.

Llego hasta la taberna del puerto, donde al abrir la puerta, que ya no chirría, Marcos se me acerca y me dice:

—Creía que ya no vendría. Pase, que le he reservado su sitio.

Me acomodo en la mesa frente a un plato sopero de color ámbar colocado sobre uno llano de color verde, encima del cual está una servilleta de tela blanca y a los lados los respectivos cubiertos. Detrás de los platos hay un vaso de cristal blanco y todo escrupulosamente limpio y muy bien colocado. Mientras observo mi lugar en la mesa en la que comeré hoy, aparece Marta, trayendo una sopera que deja sobre la mesa con su limpísimo delantal. Al verla he pensado qué elegante y limpia es esta mujer mientras la he mirado de arriba abajo. Interrumpo mi pensamiento cuando oigo que me dice:

—¿Le apetecen patatas con sepia? Si lo prefiere, le puedo traer sepia con fideos.

Acerco el plato y le digo:

—No, me apetece la sepia con patatas.

Dejo que me ponga dos cucharones y empiezo a comer con mucho apetito y saboreo la buena calidad de las patatas que Marta, como es ya habitual, ha cocinado con un grato sabor a mar. Mojo algo de pan en el caldo del guiso y todo me parece exquisito.

De segundo, he comido un poco de bacaladilla frita, muy bien frita y, como me ha asegurado Marcos, muy fresca. La he acompañado con un poco de ensalada y el buenísimo pan que hacen en el horno del lugar.

Como postre, Marcos me recomienda el arroz con leche que hace Marta al estilo de Cantabria. Confieso que, después del pequeño plato que me ha puesto, me hubiera comido otro más por lo delicioso que estaba, pero no he querido abusar. Además, me sirven un trozo de la técula mécula, que es un postre tradicional español oriundo de la región de Extremadura. Está hecho de almendras, yema de huevo, azúcar y una base de hojaldre. Después de la exquisita y satisfactoria colación, he salido de la taberna, no sin antes despedirme de Tonet, que estaba en una mesa contigua, de Marta y sus hijas, que estaban en la cocina y a quienes les he dicho que todo estaba muy bueno. Me han mirado y me ha dado la impresión de que las tres mujeres se han arrebolado un tanto. Creo que no me aguardaban y menos esperaban que les diera las gracias. Lo de decir gracias y reconocer que la comida que me han servido está buena es algo que me gusta hacer siempre que como fuera de casa e incluso a mi esposa le suelo alabar su buen hacer. Me despido de Marcos, que me ha ofrecido un café que he rechazado para quedarme con el buen sabor a canela del arroz con leche. Me he despedido diciéndole:

—Marcos, apúntame lo que he comido y antes de irme te lo abonaré.

Se ha reído y me ha dicho:

—Aquí todo lo tienes pagado mientras no estés más de un año viniendo a comer.

Me tiende la mano, que se la estrecho con cordialidad, sintiendo su áspera y gran mano en la que se ha perdido la mía.

Salgo a la plaza y allí tengo a Tizón, al que le doy un pedazo de pan para que me deje andar y recordando que quien da pan a perro ajeno pierde pan y pierde perro. Camino hacia el muelle, me siento en el borde recostando la espalda sobre un noray.

Estoy viendo el ir y venir del agua mientras con los talones voy golpeando en la pared del pantalán y observo cómo las pequeñas piedrecillas que se desprenden caen en el agua formando diminutos círculos. De repente, no sé qué movimiento he hecho que el mocasín izquierdo se me ha caído al agua. Por suerte, se ha quedado flotando, así que con una red o un bichero lo podré recuperar. Este hecho ha entrecortado mi pensamiento bucólico. Me incorporo para ver si por allí hay alguno de estos utensilios y al instante veo cómo Tizón se tira al agua y al impactar con esta el mocasín se va hundiendo. Pierdo la esperanza de recuperar mi calzado. Tendré que comprarme algo cómodo, pues llevo poco calzado. Miraré a ver en la tienda que hay aquí en el puerto si tienen, aunque sea unas alpargatas o algo similar. Miro hacia la plaza y veo que Tizón lleva entre sus fauces mi mocasín y, con él chorreando agua, viene hacia mí y lo deja a mi lado al tiempo que oigo a Said llamarme y preguntarme qué me ha pasado. Le explico el infortunio, se ríe y me comenta:

—Mientras Tizón esté cerca, lo que se caiga al agua se recupera.

No me queda más remedio que asentar su observación y le comento:

—Sí, pero ¿ahora qué hago con esto? —mostrándole a Said el zapato empapado en agua salada, lo que me hace suponer que una vez seco ya lo puedo desechar.

Y me responde:

—No te preocupes, forastero. Dámelo y yo te lo arreglaré.

Me alarga la mano y me muestra una abierta sonrisa y se lo entrego y me voy al baratillo que hay en el andén del puerto y que tiene un cartel que dice «Tabanco de Quim y Luisa». Abro la puerta y, al entrar, suena un carrillón cuyo sonido alerta de mi entrada. De inmediato, aparece un hombre joven, nos saludamos con muy «buenas tardes» y me interpela diciéndome:

—¿En qué le puedo ayudar?

—Desearía unas alpargatas —le respondo—, pues ya ve cómo voy.

Le detallo mi contratiempo y me comenta que:

—Quizá ya le estaban un poco dados de sí, así que le sugiero estas que están hechas en lona de algodón y con cintas y suela de neumático. Aquí son las que más vendo para los hombres y las llamamos *espardenyes de pagès* (alpargatas de labrador).

Las observo y creo que están inspiradas en las cáligas, que es el nombre dado a las sandalias de cuero usadas por los legionarios y miembros de los cuerpos auxiliares romanos. En este caso, no son de cuero, pero ya digo, se me parecen, las encuentro muy apropiadas a mis necesidades. La dependienta, muy amablemente, me dice:

—Tienen un precio de veinticinco euros y tendrá calzado para toda la vida.

Me parecen adecuadas, le pido mi número, las pago, me las calzo y salgo contento por mi adquisición y tan distraído que me dejaba el otro mocasín en la tienda, así que lo cojo, salgo y Said me dice:

—Deme también este otro y los dos se los dejaré como nuevos, que con una rueda no anda un carro.

Le alargo el mocasín envuelto en el papel que me ha dado el tendero. Marcos ya me había hablado de las habilidades de Said, pero me sorprende su amabilidad y espero volverme a poner los mocasines. De lo contrario, me tocará comprarme un calzado similar en la siguiente parada en una gran ciudad a pesar de que con las alpargatas camino muy cómodamente. No me parece adecuado darle a Said los mocasines envueltos en un papel. Aquí no hay bolsas de plástico. Me vendía una de esparto, pero he rehusado su compra y ahora me arrepiento, así que vuelvo a la tienda y la compro por un euro. Meto el mocasín, me despido y salgo para entregárselo a Said, que me dice:

—Las bolsas también las hago yo.

Me quedo admirado, este hombre es hábil para todo. Con mis zapatillas nuevas y bien atadas, me dirijo al puerto. Ya hace un tiempo que he oído el sonido de un bocio y Said me ha recordado que es el Natare, que está llegando a puerto. Miro y efectivamente ya veo la vela mayor que la están arriando. Me dirijo al pantalán, donde veo a un marinero esperando la estacha para encapillarla en el noray correspondiente. Me ofrezco para ayudar, pero el marinero me pide que me aparte de allí, así lo hago y presencio toda la labor de atracar. Nunca había visto cosa igual, qué coordinación de movimientos, cada uno sabiendo perfectamente qué ha de hacer.

Una vez que ha estado finalizada la maniobra, han puesto el portalón y allí estaba Lucas, que me ha saludado con la mano y lo primero que me ha dicho ha sido:

—Lo siento, ayer no pudo ser. En esto de la mar, sabes cuándo sales, pero no cuándo has de volver.

—No te preocupes. Hay días de sobra y lo entiendo perfectamente.

Me invita a subir y, una vez en cubierta, me comenta:

—Yo ahora, junto con Eladio, he de ir a llevar la pesca a la lonja y pasar por la cofradía de pescadores para hacer las gestiones pertinentes para salir mañana y también decir que usted es un visitante y no un tripulante. Tomás, el serviola, le enseñará todo lo que quiera conocer de este viejo laúd.

—Muchas gracias —le digo antes de saludar a Tomás, el serviola, a quien ya conozco de la cena del otro día.

Tomás me dice:

—Mejor nos tuteamos, ¿vale, Beja? Esta es Marina, mi futura mujer, y este es Alberto y Eladio, dos veteranos del Natare y unos lobos de mar.

Hechas las presentaciones, empieza a subir las escaleras hacia el puente. Allí me enseñan los instrumentos de navegación, la radio y la gran rueda del timón. Bajamos por la parte opuesta a la que hemos subido.

Me indica sus características básicas, que anoto bien.

Mide 11.10 metros de eslora, 3.40 metros de manga y tiene una superficie vélica de 84 metros cuadrados y un calado de 0.255 metros.

Llegamos hasta la camareta después de pasar por la cocina y la cámara que usan como comedor.

En cubierta hay un acceso para la bodega, donde guardan el hielo y la pesca y donde el olor a pescado lógicamente era muy penetrante.

Salimos al exterior y, después de ir de proa a popa, bajamos todos a tierra, a excepción de Tomás, el serviola, y Marina, que se quedan cerrando todos los compartimentos de la nave. Una vez en tierra, conectan la corriente eléctrica y la manguera del agua y nos retiramos del lugar hacia la taberna del puerto. Nos sentamos en el noray de la puerta y llegan Lucas y su mujer, Sara.

Me dirijo a Lucas y le comento:

—Muchas gracias por su atención y permitirme ver con tanto detalle el Natare. Sinceramente, les estoy muy agradecido.

Lucas, con cara de satisfacción, me responde:

—No faltaba más y si necesita algo más ya sabe. A propósito, si mañana madruga, verá pasar una goleta frente a Montmar, va de camino a Barcelona y le aseguro que es bonito y un curioso espectáculo verla navegar tan cerca del puerto. Eso no todo el mundo lo puede decir.

—Muchas gracias por la información. Procuraré no llegar tarde al espectáculo —le he dicho.

Cenamos todos en la taberna del puerto. Hoy la cena ha sido muy ligera, como ha de ser. Nos han servido verdura hervida con patatas y pescadilla frita. De postre me he tomado una naranja, que, según Marcos, es del lugar y de las mejores que me podía comer. Efectivamente, me ha parecido muy buena y jugosa.

Todos se levantan de la mesa, me dan las buenas noches y se marchan diciéndome:

—Nos marchamos que mañana hay que madrugar.

—Buenas noches —les respondo—. Ha sido un placer pasar este rato con todos ustedes, que descansen cómodamente.

Me marcho a la cofradía de pescadores y allí veo información escrita de un laúd. Me permito transcribir íntegro lo que he leído al respecto sobre el laúd, que me ha permitido saber que hasta Almería había llegado un barco de este tipo, lo que a mi entender es una larga travesía.

El patrón Buenaventura y el laúd Unión

Marina Mercante, personajes, veleros

Laúd, *llaut* o *barca de mitjana,* era un tipo de velero de cabotaje que durante el siglo XIX y principios del XX proliferó en la costa mediterránea en aquellos años en que ni ferrocarril ni automóvil tenían el papel que desempeñan hoy en día. Estas pequeñas y elaboradas barcas proveían los pequeños pueblos costeros al tiempo que facilitaban su comercio exportando materias primas y productos manufacturados locales, que, en un tipo de estructura comercial poco desarrollada, eran vendidos en localidades y plazas generalmente próximas a estos. En la costa de levante eran conocidos como *barques de mitjana* y en las costas de poniente como *llauts.* Tenían alrededor de cincuenta o sesenta toneladas de desplazamiento y aparejaban una vela latina, popa redonda y proa como las barcas de bou. Disponían de un botalón y, en la medianía del casco, un gran palo característicamente inclinado hacia proa. A popa un palo más corto y vertical tenía una especie de botalón llamado cazaescotas. Unas barcas encantadoras y muy características del levante mediterráneo, mitad de viejas que la noción del cabotaje. Hoy escribimos el primero de una larga serie de artículos que dedicaremos a este tipo de buque y navegación.[1] Es un encanto de libro, muy pequeño, que nos introduce en el pequeño mundo de la vela y navegación de estas particulares barcas y sus valientes patrones y marineros. Se lee y devora de una sola vez y lo recomiendo absolutamente a todos los amantes de la vela y las pequeñas y anónimas historias. Vayamos con el autor a conocer un poco más de este pequeño tragavientos.

El laúd Unión

Entre los barcos de cabotaje que formaban con sus mástiles, en el puerto de Sóller, un bosque animado, estaba el laúd Unión. El laúd Unión era blanco, valiente y muy marinero. Los hombres de mar disfrutaban contemplando su grácil silueta presta a saltar, como un galgo, sobre la cresta de las olas. En un muro de la casa que fue domicilio de su patrón, consérvase todavía un viejo cuadro de tintas finas, algo apagadas por el tiempo, representando el laúd. El velero llena casi todo el cuadro. Va surcando el mar, ilusionado e inocente, como un cadete salido de la academia. Vese a un lado y a otro el velamen de unos navíos de mayor categoría. Pero el velero no se siente cohibido en lo más mínimo. Cinco marineros azules repartidos por su cubierta participan de su ilusión. Las velas anchamente desplegadas dejan casi desapercibido el casco, como si todo fuera fantasía absorbiendo la realidad. Seguramente fue el cuadro pintado en Marsella. Abajo lleva una inscripción hecha por mano no avezada al castellano: «Unión-Sóller-Propieda Bonneaventura Vincens». El Unión,

[1] *El laúd Unión (pequeña historia de un velero),* escrito por J. Nicolau Bauza y editado por Ediciones Cort, dentro de la serie Temas Mallorquines. Fue publicado en 1974 y su ISBN es 84-85049-42-X.

al igual que todos los laúdes, llevaba delante el palo trinquete sosteniendo la vela foque junto con el palo botalón. En medio estaba el palo mayor con dos velas: la mayor y la pitchola. Posteriormente, iban el palo mesana con la vela que llevaba el mismo nombre y en lo alto flameaba, gallarda, la bandera española. Con este aparejo, ayudado en algunos momentos con los remos, aquellos veleros emprendían sus largas singladuras, sin ayuda del motor, que muchos de ellos no llegaron a conocer, porque el primer buque de la matrícula de Sóller que lo tuvo fue el Roberto, ya bien entrado el siglo XX. Lo que no les impedía alcanzar alguna vez, con viento propicio, velocidades de vapor. En nueve horas enlazó, en cierta ocasión, el Gallo Barcelona con el puerto de Sóller. Mucho más que los de vapor necesitaban los buques de vela por aliado el buen tiempo. Y Eolo, dios irascible, no siempre estaba presto a secundar a los buenos navegantes. Muy al contrario, los huracanes, como los dioses en tiempos de Virgilio, se solazaban atormentando las pequeñas naves. Velero hubo que, a punto de dar vista al puerto de Marsella, fue desviado por rachas huracanadas que, obligándole a pasar frente al puerto de Mahón, le arrastraron hasta el de Palma. El velero Unión llevaba dentro la misma disposición que en todos solía haber. A proa tres camarotes y a popa, la cámara. A los lados de ella, otros cuatro camarotes. La cámara era a un tiempo salita de estar y comedor para los días de frío y de lluvia, porque siendo el tiempo bueno se comía arriba, a popa. En el centro de la cámara se colocaba, para las comidas, una mesa redonda en torno de la cual sentábanse patrón y marineros. El muchacho era el encargado de servir las viandas y comía aparte. Al cocinero del barco llamábanle el comprador. Su oficina estaba reducida a la mínima expresión: un fogón con dos hornillas. El fogón tenía un asa a cada lado para sujetarlo cuando el vaivén de las olas zarandeaba la nave. Quemaba carbón. En ruta bebíase con porrón, que se pasaba de una mano a otra durante las comidas. De su pico saltaba, cantarín, el vino sin que, a pesar del movimiento de la nave, una gota se perdiera. Los cubiertos pertenecían al mobiliario del buque. No obstante, cada marinero se apropiaba un juego que grababa con una muesca distintiva. Al fondo de la nave iba el lastre: sobre él, un piso de enramada y, sobre la enramada, la mercancía subdividida por medio de cañizos a modo de tabiques. Los tripulantes repartíanse el tiempo de guardia turnando por parejas cada dos horas. De ellos, uno desempeñaba el oficio de timonel siguiendo el rumbo que el patrón previamente había dado. El otro vigilaba el buen funcionamiento de todo el aparejo. Recorría, también incesantemente, con la vista, el horizonte y avisaba de toda embarcación que pudiera aparecer sobre la superficie del mar. La vigilancia era más comprometida durante la noche, cuando los demás tripulantes dormían o andaban bajo cubierta guardándose del frío. Cuando se acercaba el término de las dos horas de guardia, el marinero saliente que no estaba de timonel preparaba una taza de café para los dos compañeros que iban a entrar; tomábanla estos y luego seguía el relevo. Para las comidas nadie iba a resistirse a relevar, durante media hora, a los dos compañeros que estaban de turno. Ni que decir tiene que, en los momentos difíciles, que en ocasiones se prolongaban hasta llegar a días, el mantener a flote el barco era tarea común a todos. Llegados a destino y amarrado el velero, todos los tripulantes convertíanse en descargadores. Los jugosos frutos dorados podían ir a colocados a granel o embalados en cajas. Otras veces, las más, iban las naranjas colocadas a granel en la bodega del barco. En este caso, arrimábanse a la nave los carros de los compradores y los marineros, cogiendo los frutos tres en una mano y dos en la otra, o tres en cada una, siempre la misma cantidad, iban rápidamente sirviendo las que pedía cada cliente depositándolas en los cajones. Este tiempo aprovechaba el patrón para sus gestiones. Presentaba en la Comandancia de Marina el rol de sus tripulantes y agenciaba el embarque de otros géneros para el regreso. Este tenía que ser cuanto antes, el día inmediato al de llegada, o a lo más el siguiente, porque podía presentarse el mal tiempo y había que esquivarlo. Estaba, además, por en medio la competencia de otras compañías navieras y, antes de que asomaran los barcos de ellas, era preciso arribar a puerto y despachar la mercancía. **¡Menudo disgusto cuando, a mitad del camino, se divisaba uno de los veleros rivales tomándoles la delantera! El patrón Buenaventura**

El patrón Buenaventura Vicens pertenecía a una antigua casta de marineros. Sus ascendientes pululan entre los nombres de familias influyentes del siglo XVIII. Debido a la costumbre ancestral mallorquina de ir imponiendo a los recién nacidos el nombre de pila de sus abuelos, hay toda una dinastía conocida de Vicens con el nombre de Antonio, atravesando varios siglos: Antonio Vicens Palou, Antonio Vicens Gallard, Antonio Vicens Mayol, Antonio Vicens Magraner, Antonio Vicens Casasnovas y Antonio Vicens Castañer. Buenaventura Vicens Mayol era hijo del segundo y tenía tres hermanos también patrones de barca: Antonio, Damián y Lorenzo. Buenaventura era de complexión robusta, más alto que bajo. Llevaba largo el pelo; bigote y barba, crecidos. De joven, hizo sus prácticas marineras en otro laúd, que llevaba también el nombre de Unión. Referente al buque que hoy estudiamos cuenta:

El nuevo laúd Unión

El nuevo velero Unión era algo mayor que el primero. Era blanco, valiente y muy marinero. Hombres de mar y navieros disfrutaban contemplando su grácil silueta presta a saltar, como un lebrel, sobre la cresta de las olas. Era obra de los maestros carpinteros de ribera Antonio Roca y José Moya, de Palma, y fue botado al mar el 20 de agosto de aquel mismo año 1879. El autor a continuación hace un interesante desglose del costo del buque y una relación de sus armadores, anotando que a finales de 1879 empezaba el nuevo Unión sus singladuras. El primer viaje lo realiza de Pollensa a Cette mandado, cómo no, por Buenaventura. Continuando en una serie de interesantes historias, el autor narra:

No siempre debía acompañar la mala suerte al laúd Unión. En 1881 cerrose la campaña con éxito más lisonjero. Hubo gastos por valor de 587 reales, pero las entradas Legaron hasta 11 972, de modo que el patrón Buenaventura pudo entregar a su familia la cantidad de 1870 reales. Sobre el fin del Unión el autor apunta:

El fin. El Unión siguió navegando, llevado por otra mano, hasta que le llegó su hora postrera. Iba un día con cargamento de naranja rumbo a la costa francesa del mediodía. Era Sábado Santo y el patrón Buenaventura había obsequiado a los marineros con un cordero para que celebraran con regocijo, a bordo, la fiesta de Pascua. Sobrevino una racha de mal tiempo, frente a La Espigüela, cerca de donde el Ródano arroja sus aluviones. El velero, en arribada forzosa, se acercó a la costa y encalló en la arena. Los marineros, bajo la acción de la comida extraordinaria y del vino copioso, no estuvieron en condiciones de efectuar una maniobra rápida y eficaz y el Unión naufragó. El velero, antes blanco, valiente y marinero, dio con su quilla en el fondo de los mares. Los marineros pudieron todos, a nado, ponerse a salvo ganando la costa. Grandes cantidades de naranja formaron sobre las aguas azules anchas coronas funerarias. Pensose en rescatar el laúd, pero la operación superaba el valor del barco y el pobre velero allí quedó para siempre. El patrón Buenaventura, cansado ya del movimiento incesante de las olas, echó definitivamente pie a tierra y pasó sus últimos inviernos en Carcagente convertido en expedidor de naranja. Allí siguió poniendo el alma en el trabajo. Pero un día se sintió mal. Avisada su familia, el hermano Antonio acudió rápidamente a Valencia para hacerse cargo de **él**. Lo trajo, rodeado de cuidados, a Sóller, a la casa de calle Isabel II, esquina a Vuelta Piquera, donde los familiares seguían viviendo. El patrón Buenaventura rindió viaje a la eternidad el 16 de marzo de 1899, a los cuarenta y nueve años.

Desafortunadamente, el libro no muestra ninguna foto del patrón Buenaventura y, a modo de reto, propongo desde estas líneas el intento de conseguir una foto del valiente marino para completar la estupenda obra de J. Nicolaus Bauza. Un libro muy recomendable.

Me marcho a dormir pensando que mañana me marcharé.

Después de asearme, me meto en la cama y me acuerdo de lo que me comentaba mi padre: toda proposición y toda resolución trascendental ha de salvar la gran prueba de la noche. Para mí el marcharme de Montmar era importante, pero si me marchaba quizá no podría ver la goleta navegar y aún no sabía en qué taxi me marcharía. Tendría que pedir uno por teléfono desde la cofradía a pesar de que Marcos me comentó que mañana Quim, el propietario de la tienda del puerto, ha de ir a Tarragona y él me puede llevar si es que ir a Tarragona me va de paso. Bueno, durante el tiempo que precede a dormirme lo pensaré.

Si mis deseos e intenciones no son tan trascendentales ni tan vitales e importantes, al despertar los habré olvidado, pero, según mi padre, que me decía:

—Antes de decidir, acuéstate a dormir y si tus pretensiones logran prevalecer y cruzar el largo y oscuro vacío de la noche y el sueño, entonces no has de dudar e intentar hacerlos realidad.

Así es que con esa idea me dormiré o, lo que es lo mismo, mañana al amanecer decidiré. He corrido la cortina del ojo de buey, pero antes he mirado al mar, que parecía con el reflejo de la luna sobre él y en calma que estuviese pintado de plata.

He tenido un sueño poco reparador, casi ha sido una noche toledana. El pensamiento de anoche de decidir irme y la intranquilidad de ver la goleta o los nervios de haber podido ver y pasear por un laúd creo que han sido los causantes de que a las seis de la mañana ya esté aseándome y casi listo para ir a la taberna del puerto.

Decido bajar cuando en el reloj del campanario suenan las seis y media, buena hora para estar ya en el puerto.

Oteo el horizonte y ya se divisan los tres palos del navío con sus respectivos palos masteleros o palo menor y una sola vela cangreja o trapezoidal, pero, a juzgar por lo que puedo apreciar y la calma de la brisa matutina, aún tardará en pasar por delante de Montmar. Seguro que desde la plaza de la iglesia se ve más cercano. Mientras, fluctuaba, esbelta, la bandera española.

Decido ir a tomarme un café que me tonifique un poco el cuerpo y entrar en calor, no me he abrigado mucho y hace un poco de rasca. Desde la taberna también veré acercarse la goleta y quizá Marcos me diga cuál es el motivo, si es que lo hay, de que un navío pase tan próximo a este recóndito lugar.

Entro en la taberna y constato que la puerta no chirría y Marcos me saluda diciéndome:

—Buenos días, Beja. Por la hora, parece como si lo hubieran echado a la calle del hogar del marinero —y se ríe socarronamente—. Un café con leche calentito, tiene cara de frío. —E inmediatamente me dijo—: Aquí me han dejado un regalo para usted.

Se agachó detrás del mostrador y sacó una bolsa como la que le había dado a Said y me la entregó. De inmediato, reconocí que eran mis mocasines ya arreglados y no dudé en abrir la bolsa. Efectivamente, eran los mocasines, se los enseñé a Marcos y le dije:

—Mire, unos zapatos nuevos —y es que así era, parecían recién comprados.

Marcos se sonrió socarronamente, como él solía hacer, y me respondió:

—Si ya lo sabía. Said me los ha traído y me ha dicho que les ha puesto nuevas plantillas de cuero, les ha dado grasa de caballo y los había teñido del mismo color. Para algo estuvo una temporada en Ubrique y, además de hacer unos prácticos precisos, que puedes comprar en la tienda de Quim y Luisa, repara el calzado como un auténtico y especializado zapatero. Mire mi preciso, hasta personalizado con mi nombre —y me mostró la pequeña y práctica petaca que llevaba fijada en el cinturón y en la que se podía leer su nombre, el de su mujer y el de las hijas.

Como tengo confianza, le pregunté:

—¿Cuánto crees que he de darle por este arreglo?

A lo que me respondió:

—Eso depende de usted. Él difícilmente le cogerá dinero. No hace mucho Quim trajo a su tienda unas linternas que se les podía cambiar la luz a rojo y a verde. Yo sé que a Said le gustó, pero él no se lo comprará nunca, así es que ya tiene una idea.

Se lo agradecí y le pedí que con el café me pusiera una magdalena, por favor. Me siento frente a una ventana y, antes de que me acomode, ya está Marcos sentado frente a mí y me dice:

—Intuyo que quiere ver llegar a la goleta, que posiblemente nos traiga un nuevo huésped, pero ignoro su proximidad por aquí.

—No sé de qué me habla —le respondo—. Quiero ver pasar la goleta que ayer me comentó Lucas que pasaba por aquí. No sabía que traía gente a este recóndito lugar.

—Sí, Beja. A veces la goleta que va de Játiva a Barcelona suele traer algún huésped y hoy si fuera así pronto la verá fondeada frente a Montmar y unos remeros en el bote del navío acercarán al pasajero hasta el lugar. Es un espectáculo curioso, los remeros suelen ser de los que hacían franco de ría. Generalmente, vienen cuatro remeros, un proel y el timonel.

Me tomo el café mojando la magdalena en él y la verdad es que se me entona el cuerpo. Además, en la taberna no hace la rasca que en la plaza del puerto.

Y, como intuía, Marcos me cuenta el motivo de la proximidad hoy de la goleta a pesar de que pongo en duda el que no sepa si viene o no un nuevo huésped a Montmar.

Sea como sea, será interesante para mí ver a los remeros remar hasta el puerto. Por fortuna, hoy la mar está muy calmada. Y le comento a Marcos que tengo pensado ya irme de Montmar, él me mira y me dice:

—Tú sabrás qué es lo que más te conviene, pero que sepas que aquí tanto yo como mi familia siempre te acogeremos con los brazos abiertos. Cada hombre ha de seguir su camino.

Salgo de la taberna y Marcos me ofrece un chubasquero suyo que tiene allí para los desavíos. Pero rehúso a ello, tengo tiempo y prefiero ir a mi camarote a buscar el mío y así lo hago. Me dirijo hacia la cofradía de pescadores no sin antes echar un vistazo para ver cómo de cerca está la goleta, que ya se ve con claridad con todas las velas desplegadas, y veo algunos marineros en la proa, lo que me hace pensar que están preparando el ancla para fondear, tal y como me ha dicho Marcos.

Subo hasta el camarote y no puedo evitar probarme los mocasines, que me están perfectos, como nuevos. Con ellos calzados, voy hasta las letrinas no solo para evacuar, sino para ver por el ojo de buey la goleta, que se ve majestuosa y haciendo la maniobra de fondeo. No me entretengo más y voy a verlo todo desde la primera fila del puerto, como si de una emocionante película se tratara. Ya en el lugar, veo a unos marineros en el pantalán, lo que me hace pensar que esperan la llegada de alguna barcaza o similar.

Ya está amaneciendo. Para mí este momento es uno de los más maravillosos. Considero idóneo el despertarse temprano y ver el sol apareciendo en el horizonte sobre el mar. Además, es una de las experiencias más hermosas que podemos disfrutar sin un costo adicional. También al decir «amanecer» me hace pensar que la citada palabra significa tantas cosas, como deseo, resurgir, despertar, frescura y todos sus sinónimos.

Mientras espero, veo jugar con la pelota a Quique, el hijo de Simón y Rosa, los panaderos del lugar. Este es su segundo hijo, el primero es una niña de ocho años y de nombre Laura. A Quique, por lo general, casi siempre lo veo jugar solo en la explanada del puerto y es que me parece que de su edad, unos once años, hay pocos niños aquí. Unas veces está con la pelota, que Tizón intenta quitarle, y otras veces lo veo en el suelo cerca del altar jugando a las canicas y suelo pensar: «Pobre niño, él siempre ganará». Otras veces lo veo correr detrás de su hermana, Laura, jugando al escondite después de haberles oído cantar «don Juan de Villanueva lo bien que baila, lo bien que canta, tiene la barriga llena de vino tinto, de vino azul, ¿a quién salvas tú?». Curiosamente, suele ser a Laura a la que le toca pillar, cosa de los niños.

Aquí hay muy pocos niños. Al parecer, a iniciativa del rector y otras personas del lugar, mensualmente organizan unas jornadas que se denominan Aprender Juntos, a las que asisten niños de los pueblos limítrofes y se organizan juegos y actividades en los que los niños de los diferentes lugares muestran sus conocimientos y habilidades. Eso, además de crear un buen vínculo entre los pueblos, mantiene a los muchachos muy motivados para poder mostrar su conocimientos y habilidades, que incluso son tan curiosos como el aliño de aceitunas. Fabrican arrope de algarrobas;

hacen salazones; hacen dulces con los productos del lugar, almendras, higos, vino; entre otras muchas actividades.

Es de destacar que Marcos les enseña el arte de la salazón, enseñándoles a salar las bacaladillas, que luego le llaman *capellanets,* altramuces o aceitunas arbequinas, y todo sazonado por él, que incluso suele salar huevas de maruca o de algún otro pescado de tamaño considerable, que él mismo ha salado. Esos productos, una vez bien curados, forman parte del acompañamiento que suele poner cuando alguien pide un vaso de vino.

Observo que la goleta ya ha terminado la maniobra de fondeo y han arriado todo el velamen y puedo distinguir cómo están maniobrando en el pescante para arriar un bote después de quitarle las trincas o eslingas que lo hacen firme al buque. Poco a poco veo cómo llega hasta el agua y allí dos marineros que han bajado por la escalera de gato lo sujetan a la misma escalera y suben al bote. Sigo observando cómo bajan el resto de los marineros al bote y cómo desde la goleta arrían un petate que sujeta un marinero en el bote y ahora un hombre que va bajando por la escalera de gato hasta el bote. Una vez que ha llegado, se sienta y los marineros sueltan el bote de la escalera y empiezan a remar cuatro de ellos, dos por babor y dos por estribor, y en proa el proel y en popa el timonel. En total, seis tripulantes, que, a juzgar por cómo están remando, son expertos en este arte.

https://www.nuestropuerto.net/2016/08/09/procedimiento-de-arriado-de-bote-de-rescate-en-caso-de-ejercicio-mob/

Por la banda de sotavento, distingo que han arriado una escalera de gato o, como se denomina en el argot marinero, escala de práctico o escala de gato. Esta es una escalera confeccionada con cabos de fibra vegetal y peldaños de madera, que se emplea para asistir al embarque de prácticos y otras personas desde embarcaciones menores que se acercan hasta los buques de mayor porte.

Normalmente, la escala de práctico se monta a petición de los prácticos. Distinguir esta maniobra me lleva a pensar que por la mencionada escalera bajará la tripulación del bote o tal vez, como me ha dicho Marcos, también puede que por ella acceda al bote algún pasajero que ha de desembarcar y en la chalana lo traerán hasta el puerto.

Ya viene la barca a remo hacia el puerto y los marineros hacen gala de una gran profesionalidad remando y gobernando la falúa que se desplaza sobre las olas con aparente naturalidad.

Observo a los marineros preparados en el pantalán para recibir los cabos de la barcaza y encapillarla en el noray.

Mientras que llega la chalupa, he ido a la tienda del puerto, la que regentan Quim y Luisa.

Entro y suena el carrillón, cuyo sonido advierte de mi llegada. A la vez que, como aquí es costumbre, digo *au María!* Que he imaginado que es un apócope de la expresión con que antiguamente se saludaba, ave María.

Y desde la puerta de la trastienda aparece Luisa, que es una mujer, más bien, joven, muy esbelta y delgada, que tiene como un andar saltarín, pues da los pasos muy cortos y anda con la punta de los pies como si estuviese danzando. Me mira con una mirada de admiración que jamás había percibido otra igual y que me lleva a fijarme en sus ojos que son almendrados de color miel y tienen una mirada muy expresiva bajo unas cejas encontradas, arqueadas y muy delgadas. Hoy lleva el cabello suelto, lo que realza aún más su belleza. Ella es el alma de la tienda, conserva intacto el innato y la soltura del oficio de atención al cliente.

Quim no tiene ni el más mínimo conocimiento del oficio y el trato con los clientes. Es, más bien, distante. Al contrario de cómo es el trato de Luisa con los clientes. Para mí es embelesadora. Quim tiene una mirada muy penetrante y al mirar parece que lo hace con cierta desconfianza. Creo que eso es lo que hace que en la mesa que tiene delante de la puerta de la tienda y en la cual sirve vino no se siente nadie a tomar un vaso de vino. Todos parece que prefieren ir a la taberna del puerto. Marcos es amable, bromista y bonachón. Su vino es el mismo que tiene Quim, pero Marcos siempre pone algo para acompañar y, cuando pone *capellanets,* como está, más bien, salado, él ya sabe que caerá más de un vaso.

Luisa es jovial; sin embargo, no es feliz. Una gran insatisfacción la socava y se siente culpable por no ser idóneo de deleitarse de lo que tiene. Por eso no habla con nadie de lo que sucede y, a decir verdad, en Montmar parece que hay poca gente con la que explayarse.

La familia que regenta la taberna del puerto es fantástica, por su gran amabilidad y su cordial trato. Parece que le conocen a uno de toda la vida y eso hace que el lugar resulte muy acogedor.

Ya el día que la vi por primera vez cuando vine a comprarme las alpargatas ya me causó una muy grata impresión, tanto que yo diría que he vuelto solo para volverla a ver, no porque necesite urgentemente algo. Además, me encanta la delicadeza y la ternura y sutileza de su voz a pesar de que muchas veces esa mezcla de catalán y castellano me haga reflexionar sobre el qué me ha dicho. Por ejemplo, el otro día me dijo: «Dele los zapatos a Said y él se lo llevará perfectos», en lugar de decirme «él se lo traerá perfectos», que creo que sería lo correcto. He pedido que por favor la chacina que he comprado en la plaza del puerto me la corte en la máquina que tiene de cortar embutidos. Cuando ha terminado, le he preguntado cuánto era y me ha dicho: «Va, va, déjalo estar»; que para mí tiene difícil traducción y que sería más o menos «nada, no es nada». Cortésmente, le he dado las gracias y le he pedido que me diera un dispensable, a lo que ella me ha corregido: «Querrá decir un imprescindible». Efectivamente, eso es lo que yo quería, pero no me acordaba bien del nombre.

El preciso es una pieza de cuero habitual de los primeros tiempos de la marroquinería ubriqueña. Se denomina así a una pequeña cartera de cuero que los carreteros se colgaban de la correa del pantalón y donde se guardaban la yesca, el pedernal y el tabaco. Que era en aquel entonces lo preciso para un ganadero o agricultor. Cuando aparecieron las cerillas, los precisos fueron dejando de fabricarse y poco a poco fueron desapareciendo. Aquí los tienen porque los hace Said, que, al parecer, estuvo por Ubrique un tiempo y aprendió a hacerlos de piel de cabra, que él mismo curte, e incluso él graba la palabra «Montmar» y el que lo desee incluso le pone el nombre que le digan. Esto aún corrobora más mi opinión de que este hombre es un artesano maravilloso.

He pensado también en comprarle algo a Said y le he preguntado que qué me sugería. Al final, tanto a él y a Lucas les he comprado una linterna que tiene, como me ha dicho Marcos, el poder de cambiar del color blanco a rojo y verde. Me ha parecido que es un útil curioso y práctico, especialmente en el barco. Para Marcos también le he comprado una navaja que puede colgarse mediante una cadena en el cinturón.

Al final, le he pedido la cuenta, le he entregado un billete de quinientos euros y he sentido cómo al cogerlo su mano blanca y suave se rozaba con la mía al darme el cambio. También hubiese deseado rozar nuevamente su mano, pero creo que ella se ha percatado y lo ha evitado, así es que le digo que ha sido muy amable, que es una pena para mí que esté comprometida, que si no fuera así me quedaría en Montmar para cortejarla. A la vez que se sonreía, se ruborizaba. Quiero reconocer que soy un poco enamoradizo, pero es que esos ojos tan expresivos son difíciles de olvidar. Salgo, llevo conmigo todo cuanto quería. El haber vuelto a ver a Luisa y unos presentes a esta gente que mañana abandonaré si es que es posible. Me parece notar que Luisa me acompañaba con la mirada hasta que llegué a la puerta, que al abrirla nuevamente hace sonar el carrillo. Y me despido diciendo:

—Muy buenas tardes y hasta la próxima —y oigo cómo me responde con ese peculiar gracejo:

—*Passiu bé* (que lo pases bien). *A reveure* (hasta la vista).

A decir verdad, no sé si habrá un «hasta la vista» y no por falta de ganas. Ya veremos, a ver qué me depara el destino de momento. Salgo hacia la plaza del puerto y me dirijo a la cofradía de pescadores. Al entrar he ido a ver a don Pedro y le he preguntado si podía gestionarme el ir en la goleta hasta Barcelona. Me ha respondido que les mandaría un cable y que cuando tenga la respuesta, que sería en cuestión de minutos, me lo comunicaría. Así que me voy al camarote para asearse para la cena.

Dejé el preciso en el petate, me aseé y mientras lo hacía miré la goleta por el ojo de buey que había en las duchas y allí estaba, fondeado y con las velas plegadas. Me atrevería a decir que habían dejado el barco a la capa y bien asegurado para que con la marea o el mar de fondo durante la noche no garreara. Al verla y pensar que mañana podría estar navegante en ella, sentí como una extraña sensación de alegría y, a la vez, de tristeza por dejar a estas personas que tan bien se habían portado conmigo a cambio de nada.

Me marchaba con una gran lección de vida aprendida, la de ser generoso con todos. Y recordé una frase de Paulo Coelho, creo que es en el libro *Aleph*, que dice así: «Sé bendecido. De la misma manera que estás transformando tu vida, transforma la de los demás a tu alrededor. Cuando te pidan, no olvides dar. Cuando llamen a tu puerta, no dejes de abrir. Cuando pierdan algo y se dirijan a ti, haz lo que puedas y encuentra lo que se haya perdido. Pero antes pide, llama a la puerta y descubre todo lo que está».

En este mismo libro también escribe: «Nuestra vida es un constante viaje, desde el nacimiento hasta la muerte. El paisaje varía, la gente cambia, las necesidades se transforman, pero el tren sigue adelante. La vida es el tren, no la estación». Y así me veo yo a veces, viajando, conociendo a personas y aprendiendo de cada lugar donde recabo.

Una vez aseado, bajé a ver a don Pedro, el cual me recibió encantado y en su rostro advertí que ya habían respondido de la goleta y que la respuesta fue satisfactoria y así fue. Al verme, me dijo:

—Caballero, está usted de suerte. Mañana ha de estar a las ocho en el pantalán del puerto y en la barcaza junto con el pasajero que ha llegado hoy irán hasta el navío. —Me tendió la mano diciéndome—: Por si mañana no nos vemos y ya sabe dónde me tiene.

Me abracé a él y sentí la tristeza de la despedida. Don Pedro me lo notó y me dijo:

—Venga, hombre, ya verá cómo nos volveremos a ver en este lugar.

A mí personalmente me ha encantado conocerlo y al igual que Marcos me recuerda que allí en Montmar siempre lo tendré como amigo. Es para mí un gran orgullo que me despidan así.

Antes de ir a cenar, le digo:

—Don Pedro, tenga esto, es por los gastos y para Aanisa —y le entrego quinientos euros.

Me ha parecido una cantidad adecuada y él rehúsa tomarla, pero, ante mi insistencia, la acepta, asegurándome de que a Aanisa le alegrará y le irá muy bien para su economía.

Salgo de la cofradía y me dirijo hacia la taberna. Abro la puerta, que, para mi sorpresa, ya no chirría. Pero para Marcos no se le escapa nada y sale de detrás del mostrador a saludarme. Inmediatamente, se aproxima a un nuevo desconocido para mí.

Desde la tienda de Quim y Luisa, llevo los presentes y en la taberna saludé a Marcos y le solicité que me guardara los presentes que había adquirido. Él me miró y me insinuó que había ido a la tienda a algo más que comprar. Al oír su observación, abrí los ojos de admiración como un mochuelo sorprendido. Espero que no haya advertido mi perturbación.

Marcos me tomó por el codo mientras me dirigía al noray de la puerta a la vez que me decía:

—Ven que te voy a presentar a quienes te llevarán hasta la goleta Paz.

Llegamos al noray y ahí había seis fornidos marineros en cuyas camisetas se podía leer «goleta Paz», que me saludaron afectuosamente y me hicieron un hueco para que me sentara entre ellos. Marcos me dijo:

—Te dejo en buena compañía mientras que voy a buscar algo para refrescar el gaznate.

Inmediato universo con una botella de vino, unos vasos, unas albertinas y mojama. Se puso en el centro del noray para compartir con los marineros y me quedé hablando con los marineros, que me dijeron que antes del anochecer tenía ingresado al barco para estar mañana a las ocho en el puerto. Les dije que al otro día yo me iría con ellos, me mostraron su cordialidad y hay que preguntarles por qué tenían que volver. Me comentaron que eran órdenes de la superioridad. Ellos eran marineros y debían permanecer en el barco y no tenían permiso. Francos de río, que eso lo disfrutarían cuando llegasen a Barcelona al puerto. Compartí lo que nos había servido Marcos y educadamente abandoné el lugar, entré en la taberna y me senté en la misma mesa con Alfonso para cenar.

—Beja, este es Alfonso, a quien todos en Montmar le conocemos como el Lector. Es como usted, un antiguo visitante de Montmar, que ha llegado hoy con la goleta y se marcha mañana a las ocho. Como aquí todo se sabe, irán los dos en la barcaza.

Nos damos la mano y ambos nos sentamos en la misma mesa para cenar. Hoy la cena es de mi agrado: judías verdes hervidas con patatas y después hígado a la plancha. Como es habitual, todo buenísimo, pero ya me invade la duda de dónde y qué cenaré mañana. Durante la cena, converso amigablemente con Alfonso e incluso por algunos detalles que he observado en él me atrevo a preguntarle si ha trabajado o ha sido sumiller. Mi pregunta creo que le sorprende y me dice:

—¿En qué lo ha notado?

A lo que le respondo:

—Sencillamente, no ha bebido el vino del porrón, se lo ha servido en un vaso, lo ha mirado al trasluz, después lo ha olido y, por último, ha tomado un trago y lo ha ido paladeando en la boca. Yo entiendo poco de vinos, pero esa forma de proceder me ha parecido propia de un sumiller.

Y lo que sí suelo es ser bastante observador. Me gusta observar a las personas con las que comparto algo tan importante como es una comida y no entro en detalles de qué ingieren ni cómo lo ingieren. Cada uno tiene sus manías.

Alfonso me comentó que se alojaba en la casa parroquial, que cuando llegó por primera vez a Montmar se alojó allí y ahora había vuelto y con el párroco don Fernando a diario tenía conversaciones muy interesantes, según él. Y, hablando, se acercó un hombre muy alto y delgadísimo de cabellos precozmente cenicientos y ojos grisáceos, vestido con calzón alto negro y camisa de igual color con un alzacuellos blanco. El susodicho se identificó como Fernando.

El reverendo Fernando saludó a Alfonso y nos pidió permiso para sentarse a cenar con nosotros. Yo me levanté, le tendí la mano y le dije:

—Yo soy Benjamín, Benja para los amigos. Encantado de saludarle, será para mí un placer que nos acompañe a cenar. Si puede bendecir la mesa.

Don Fernando esbozó una sonrisa, levantó el vaso de vino y brindó con nosotros. Alfonso me miró de reojo y yo asentí aquella familiaridad del recién llegado, que en todo momento se mostró muy prudente y educado. Después de cenar, nos invita a dar gracias a Dios, diciendo:

—Te damos gracias, Señor, por los alimentos que nos has dado. Haced que nos sirvamos siempre de ellos para nuestro bien.

Yo le digo que mi madrina me enseñó otra un tanto muy peculiar y que decía así:

—Ya hemos comido, *jartico*, estamos, que Dios se lo pague a nuestros amos, que ellos se vean cómo *musotros* estamos, ellos de mozos, acá de amos, que se metan en un zarzal que ni ellos puedan salir ni *musotros* entrar.

Nos reímos y sentados continuamos la conversación, siendo don Fernando quien me dice:

—Me ha comentado Alfonso que mañana se marcha. ¿Ya tiene pensado después de Barcelona adónde irá?

Le respondo que no, que ya sobre el camino lo decidiré. Ahora ya lo he decidido y me marcho, pero con un cierto desasosiego, pues a medida que voy conociendo a personas de este lugar, más ganas tengo de quedarme, pero, bueno, ya lo he decidido y ahora lo que espero es volver por estos lares. Después de cenar y antes de decir «buenas noches», me levanto y, alzando algo la voz, me despido diciendo:

—Señores, ha sido un placer el conocerlos. Les estoy muy agradecido por lo bien que me han hecho estar entre todos ustedes y lo mucho que he aprendido de todos. No les puedo asegurar que volveré, pero sí les garantizo que más de una vez volveré a acordarme de ustedes a lo largo de mi vida.

Cicerón ya dijo que no hay un anciano que olvide dónde escondió su tesoro y yo podré olvidar muchas cosas con el paso del tiempo, pero el tesoro de haberle conocido no lo olvidaré y, si el destino me lo marca, volveré a este maravilloso local.

A medida que han ido saliendo todos, me han extendido su mano y nos hemos deseado lo mejor.

Antes de salir de la taberna, voy a la cocina a saludar a Marta, a Elena y a Lucía. Les doy las gracias por todo y les deseo lo mejor para su vida.

Salgo de la taberna diciéndole a Marcos que mañana volveré para desayunar antes de iniciar mi singladura.

En la puerta me está esperando Alfonso, que me invita a sentarme en la mesa que hay en la puerta de la taberna. Accedo encantado, pues a pesar de dar la última campanada de las doce de la noche, de una noche que parece que se resistía a tender su manto oscuro sobre el lugar, y cuya luna sarracena no la veré brillar como en noches anteriores, intuyo que tiene ganas de hablar y a mí también me apetece soltar hablando toda la emoción que he vivido en este momento de la cena.

No estamos aún sentados y aparece Marcos con tres vasos en una mano y en la otra una botella de ron, del que sirve los tres vasos, y propone un brindis diciendo:

—Por los intrépidos visitantes a Montmar, que ya hemos aprendido que cuando se oye el sonido de un bucio es que el Natare ya está cerca.

Este ron no tiene nada que ver con el que anteriormente nos ha servido Marcos. La llegada de Luis el Indiano ha servido para algo bueno.

Yo casi intuía la visita de Marcos. Al vernos en la puerta, no podría evitar sentarse a oír de qué hablábamos, que como él matizó:

—Aquí se puede hablar de todo, menos de religión y de política.

Marcos nos sirvió el vaso de ron y, antes de cada trago, levantaba el vaso y brindaba.

Tanto Alfonso como yo esbozamos una sonrisa mientras observamos a la tripulación del Natare que se acerca a la taberna y al unísono nos saludan cordialmente. Continuamos la conversación, que después de pasada la hora del ron fue más distendida y se fue animando después de cada trago, con historias de Montmar y sus habitantes. Alfonso confesó que había venido para la boda de Quim y Luisa. Marcos me interpeló diciéndome:

—¿Ves, Beja? Podrías quedarte a la boda de Quim y Luisa y a la de mi hija y Tonet, que será el mismo día. Alfonso también estará, así los dos os podéis hacer compañía.

Apenas pude contestar, cuando apareció un apuesto y alto mancebo vestido impecablemente que saludó a Alfonso y a Marcos. Mientras me miraba, me pareció percibir que me hacía un examen minucioso de cuerpo entero con una concentración característica extendiendo la mano, que dejó extendida delante de mí mientras decía:

—Soy Luis el Indiano y a usted lo vi el otro día en la puerta de mi casa mientras sacaba una foto. Cuando salí, ya había desaparecido sin que pudiese saludarle e invitarle a conocer mi casa. Desde el torreón, se puede apreciar una vista inigualable del Mediterráneo.

Espero que en otra ocasión pueda hacerlo.

Me levanté, le di la mano, que me estrechó tuteándome con una cordialidad de perpetuos amigos, al tiempo que le decía:

—Yo soy Benjamín, pero me puede llamar Beja.

Luis me pareció un hombre un tanto extraño. Iba vestido como si fuera a una boda, llevaba un traje beis con chaleco de algodón de igual color, guayabera, sombrero panameño, filipina de color granate y en el bolsillo en la parte superior izquierda de la americana lucía un pañuelo del mismo color que la filipina, dejando que sobresaliera dos o tres centímetros y formando tres picos. Iba tocado con un sombrero panameño blanco, al cuello llevaba un pañuelo del mismo color que el que llevaba en el bolsillo en la parte superior izquierda de la americana y lucía en el bolsillo del chaleco una reluciente leontina de oro. Eso sí, muy elegante y sus casi dos metros de altura aún resaltaban más su figura. Marcos, al verlo, dijo:

—Ahí tenéis a don Luis, vestido de punta en blanco, como siempre le gusta ir. Y a quien aquí todos conocemos como Luis el Indiano.

Él se rio y, haciendo un ademán con la mano, restó importancia a las palabras de Marcos, que me aclaró:

—Es el tío de Luisa, la de la tienda de Quim, y a quien tú ya conoces bien.

Y al decírmelo sí que noté un cierto parecido entre ambos. Luis también andaba con paso corto y de puntillas y su elegancia creo que Luisa la había heredado. En lugar de su tío, yo casi hubiera dicho que era su padre. Mañana le preguntaré a Alfonso sobre el parentesco de Luis y Luisa.

La noche se cerraba lentamente con la niebla y Luis le dijo a Marcos:

—¿Qué ron les estás dando a los señores? Anda, saca cinco vasos, una botella de ron y del que yo te traje y me la apuntas a mi cuenta junto con los gastos del señor Benja.

Yo le interrumpí diciendo:

—No, por favor, muy agradecido, pero lo que he gastado puedo pagarlo yo.

Marcos me miró y me hizo un ademán para que me callara. Me quedé en silencio y Luis me dijo:

—Mire, don Benja, o mejor solo Benja, sin el don. Aquí las personas como tú no pagan porque son el mejor reclamo y embajador para este apartado lugar y esa transmisión la hemos de atender los del lugar. Así seguro que tú volverás y hablarás muy bien de Montmar.

Le atajé diciendo:

—Sin necesidad de sus favores, hablaré muy bien de este lugar, no lo dude, y permíteme que sinceramente con un apretón de manos le muestre mi más sincero agradecimiento. En cuanto a volver a Montmar, no le puedo asegurar nada, pero el lugar y sus gentes me han parecido ideales e indescriptibles. He pasado unos días maravillosos. Además, la estancia en la cofradía de pescadores en muy confortable y por no hablar de la comida en la taberna de Marcos, que Marta prepara con especial dedicación.

En aquel momento, se oyó la voz de Marta, que decía:

—Niñas, si lo que hay en la olla que está en el fuego ya está hirviendo, echadle el arroz que hay en ese plato que está encima de la mesa del centro de la cocina.

Yo, al oír tanta matización, miré a Marcos y me sonreí y él me dijo:

—Amigo, hay que precisar así. Al principio, de tener la taberna en la parte posterior, teníamos unas gallinas que campaban libres por un vallado que les había hecho y eran tan listas que si Marta no estaba en la cocina ellas no se movían de allí, pero a la que veían que Marta no estaba hacían lo imposible por entrar y un día Elena le dijo a su madre: «Mamá, las gallinas están molestando en la cocina», y a renglón seguido su madre dijo: «Echa el arroz». Y Elena les echó el único arroz que ese día había y de postre tuvimos que hacer natillas. Ella entendía que les tirase el arroz a las gallinas y no a la olla, como quería decir su madre. Desde entonces todos matizamos mucho más. Un día, un cliente pidió un café solo y Marta me dijo: «Marcos, pónselo con la taza, el plato, el azúcar y la cucharilla». Todos nos reímos y eso ya se quedó como anécdota, como el día que yo estaba con un cliente ofreciéndole la comida y le dije: «¿Vino de la casa?». Y Marta, que me oyó, dijo: «¿A ti qué te importa de dónde ha venido?».

Marcos también nos dijo:

—Yo me lo paso muy bien cuando me dicen: «A ver, camarero», y les respondo: «Una de mero, dos de sardinas y uno de vino». Y así podíamos contar muchas más anécdotas que nos hacen más amena la vida en este lugar y en nuestro oficio.

A medida que avanzaba la noche, la botella de ron iba vaciándose mientras la conversación fluía de forma amena e intentaban convencerme para que me quedase para la boda de Luisa y de la hija de Marcos.

En aquel agradable clima de confianza, les volví a agradecer la invitación a la boda y les comenté que:

—Intenté manifestar que para mí con el hecho de viajar hay algo curioso. A diferencia de invertir el capital en indumentaria o algo nuevo, el descubrir lugares, conectar con otras culturas y conocer gente nueva es algo que nadie más puede hacer por ti. La importancia de viajar radica en que es una experiencia única y personal. Viajar implica varias cuestiones ligadas al lado positivo de la vida, a lo que nos hace bien y que de solo pensarlo nos genera una sonrisa. Viajar es inclusive la fuente de inspiración de muchos expertos. Son todas esas situaciones las que yo deseo manifestar, porque no cabe duda de que viajar es importante para el crecimiento personal. Y a veces lo importante no es el destino final, sino todo lo que conoces a lo largo del trayecto como me ha pasado a mí con el arribar en Montmar.

Sonaron las campanadas de las cuatro de la madrugada, que resonaron en la plaza como el martillo en un yunque. Nos miramos unos a otros como si intentásemos decir que nos era difícil concluir el encuentro, pero que dado lo avanzado de la hora era preciso zanjar nuestra charla. Luis el Indiano también inicia la marcha hacia su casa y Alfonso y yo decidimos acompañarlo, subimos por la calle de la Barca y llegamos a la mansión de Luis, que nos invita a entrar y, como rehusamos, nos dice:

—Señores, ha sido un placer conocerlos y no olviden que aquí tienen su casa para lo que necesiten. Les aseguro que desde el torreón se ve una vista maravillosa. Mañana los veré partir en la goleta.

Nos fundimos en un gran abrazo los tres y Alfonso y yo descendemos por la empinada calle hasta la plaza del puerto. Me despido de Alfonso hasta mañana.

Nuevamente, abandoné la plaza hacia la cofradía de pescadores observando las luces de la goleta que brillaban en lontananza.

Preparando el regreso

Justo suenan las campanadas de las doce cuando llego a la cofradía de pescadores y allí me abre la puerta el marinero de guardia, a quien le pido por favor que mañana me despierten a las seis de la mañana. Me responde que me acueste tranquilo, que a esa hora me despertarán.

Voy a asearme y por los ojos de buey observo inmóvil la goleta y digo inmóvil porque las luces del palo mayor permanecen inmóviles y sobre el mar apenas se ven olas. Después de aseado, me dirijo a mi camarote, corro la cortina del ojo de buey, apago la luz con el deseo impaciente de que ya fuera de día. Me estiré sobre el camastro y me tumbé con el pecho oprimido por la angustia de la espera de mi singladura hacia algo un tanto desconocido e improvisado. Por fortuna, el marinero de guardia me despertará a las seis de la mañana, así podré dormir con más tranquilidad.

De repente, unos golpes en la puerta del camarote me han despertado a la vez que una voz decía:

—Señor, ya son las seis.

—Muchas gracias —le he respondido e inmediatamente me he incorporado.

He descorrido la cortina del ojo de buey y, como la luz que entraba me parecía escasa, he encendido la luz y mirado al exterior, descubriendo un día gris y un tanto desapacible.

Salgo del camarote y allí estaba el marinero de guardia, que al verme me ha comentado:

—Buenos días. Perdone que esté aquí, pero es que me suelo quedar por si la persona a la que despierto se vuelve a quedar dormida. Ahora ya me marcho con más tranquilidad.

Y le he visto marcharse hacia la parte inferior y yo me he dirigido a las letrinas, donde después de hacer mis necesidades me he metido en la ducha para asearme. Al salir me he rasurado bien, pues hacía días que no lo hacía. Me he puesto un poco de loción Floid después del afeitado, así me refresca la piel, ya que no tengo a mano la piedra de alumbre que generalmente suelo emplear después del afeitado. Por fortuna, no tenía ni sentía resaca después de las dos botellas de ron que nos bebimos anoche, claro que éramos muchos y el líquido quedó bien repartido. He mirado por el ojo de buey y he podido observar las luces del galeote Paz. He pensado que pronto estaré embarcado en él. Al pensarlo me recorre una cierta zozobra, parece que sea el primer viaje que hago. Dejo de divagar y me voy al camarote para hacer el petate y vestirme.

Ordeno todo bien dentro del petate, me visto y me pongo el impermeable para resguardarme de la humedad exterior. Incluso a pesar de llevar las alpargatas me he puesto calcetines. Si se me enfrían o mojan los pies, corro el riesgo de acatarrarme y prefiero prevenir antes que curar.

Bajo con el petate a la entrada de la cofradía de pescadores y le pregunto a Elías, el marinero de guardia, si puedo dejar allí el petate. Me dice que sí y cojo mi antiquísima máquina de fotos

Halina, que compré en Canarias ya hace no sé cuánto tiempo y con la que he adquirido una considerable habilidad para hacer fotos, que es una de mis grandes aficiones, y así podré poder plasmar los últimos momentos en este lugar a pesar de que no dispone de telémetro y el funcionamiento del fotómetro no es muy fiable, pero es lo único que tengo para poder llevarme un recuerdo gráfico del maravilloso rincón y de sus gentes.

Le entrego a Eladio las llaves del camarote a la vez que después de mucho insistirle consigo que me tome un billete de veinte euros.

Salgo hacia la taberna para desayunar. Hay una gran niebla que me recuerda al taró. El taró es un tipo de niebla o bruma de apreciable densidad y muy persistente que se observa localmente desde Málaga hasta Ceuta. Ahora que ya tengo el pelo húmedo, noto la falta de una gorra para cubrirme la cabeza y así evitar la humedad de la niebla matutina. Tenía que haberla comprado en la tienda de Quim y de Luisa el otro día cuando estuve allí y las vi. Eran gorras de marinero y, a decir verdad, me gustaron. No pensé que las fuera a necesitar y seguro que hoy hasta cuando esté navegando me hubiera ido bien, pero, bueno, ahora no tengo más remedio que aceptar lo que tengo. Me taparé con la capucha del impermeable, aunque resulta un poco incómodo. Entre la densa niebla, veo moverse siluetas, pero no reconozco a nadie, parecen sombras chinescas. Al llegar a la puerta de la taberna, bajo la ínfima luz del farol que hay en la puerta veo a mi lado a Alfonso. Ambos nos sorprendemos y nos reconocemos después de haber estado caminando uno al lado del otro y no habernos percatado de ello debido a la densa niebla.

Entramos y saludamos a Marcos, que nos invita a sentarnos en una mesa. Yo antes le he dado mi botella de cristal, que tiene un buen cierre, para que me la llene de vino blanco para la hora de desayunar cuando ya estemos en el galeón, pues no sé de qué tipo de bebida dispondremos a bordo.

Nos sentamos y le pido a Marcos un café con leche, muy caliente y en un tazón. Luego nos pone unas tostadas recién hechas y, así calientes como están, tomo una de ellas y le pongo miel y aceite y el café con leche lo endulzo también con miel procurando que no gotee, pues no me gusta luego notar lo empalagoso de la miel por todas partes. A decir verdad, la miel tampoco es algo que me apetezca mucho, pero hoy me ha venido en gana un desayuno dulce, así no tendré mucha sed mientras navegamos.

Me he levantado y le he pedido a Marcos el paquete con los presentes que le dejé ayer. Me lo da y saco la navaja para él y el resto para que se lo entregue a los demás. Me parece apreciar que le ha gustado por la sonrisa que manifestaba a la vez que me decía:

—Muchas gracias, hombre, pero no hacía falta que te molestases en regalarnos nada. Igualmente te recordaremos siempre.

Me ha puesto el brazo por el hombro y ese gesto y sus palabras me han hecho brotar unas lágrimas. N soy adicto a las despedidas y sí de lágrima fácil en estas ocasiones.

Le pido que llame a su familia para hacernos una foto en la puerta de la taberna. Vienen de inmediato y pido que nos coloquemos junto a la ventana, engalanada con geranios rojos y blancos. Nos colocamos allí y llega Said, a quien le pido que se ponga con nosotros. Alfonso, con un gran estilo de fotógrafo profesional, nos encuadra y nos hace la foto. Me dice de hacer dos por si no ha salido bien. Le digo que muy bien, pero que no más, que el carrete es solo de treinta y seis exposiciones. Es lo que tienen estas antiquísimas máquinas fotográficas. Por fortuna, en el petate llevo otro carrete por estrenar.

Volvemos al interior y, dejando un poco de lado a Alfonso, me voy a la cocina a despedirme de Marta y de sus hijas. Les doy un beso a todas y a las muchachas les doy quinientos euros y les digo que es mi regalo de boda. En un principio, rehúyen el aceptarlo, pero, ante mi insistencia, lo aceptan y me manifiestan su agradecimiento.

Salgo de la cocina, pero antes le recuerdo a Marta que le dé a Marcos mi bocadillo de salchichas con tomate. Alfonso no sé qué le ha pedido de bocadillo, pero Marcos nos los llevará a la barca antes de que zarpemos.

Salgo con Alfonso de la taberna. Ya la niebla ha ido levantándose y la plaza del puerto se ve algo mejor. Vemos llegar a los pescadores del Natar y los oigo comentar que a ver qué tal se da hoy la jarampa.

Se le denomina jarampa a parte de la pesca que encontrándose deteriorada por el tiempo de arrastre de las redes y otras especies de poco valor eran apartadas por la tripulación y el importe se repartía entre ellos a partes iguales sin entrar el armador en dicho reparto. Dado que eran especies que antes no tenían valor y que hoy son muy valoradas en los mercados, las galeras, puntillitas, carabineros, gambas con la cabeza perdida..., está desapareciendo el reparto de jarampa. En el Mediterráneo se le llama *pobreo*.

Alfonso va a la lonja a buscar su equipaje, mientras que yo me acerco a la cofradía, donde Eladio, muy atento, tiene mi petate en la puerta y don Pedro está en la puerta para despedirme con un cordial abrazo.

Cargo mi petate al hombro y ya está Alfonso preparado para partir hacia la barca. Llegamos al pantalán y aún no ha llegado la barca y vemos salir al Natare a la vez que nos saludamos personalmente uno a uno. Gritan al unísono que tengamos buena navegación, perdemos de vista el Natare cuando ya advertimos la llegada de la barcaza de la goleta Paz.

La tripulación ha puesto las defensas y el proel con el bichero hace llegar un cabo a un marinero de tierra, que lo encapilla en un noray. Poco a poco van atracando la barcaza al pantalán y yo cada vez estoy más nervioso. Por fin el timonel nos invita a embarcar, pero antes le he dado un gran abrazo a Marcos, que nos ha traído los bocadillos, unas frutas y la botella de vino. Y le he dado unas palmadas en el lomo a Tizón, que no se ha querido perder la fiesta de la despedida y que cuando me ha visto subir al bote ha aullado reiteradamente, lo cual yo lo he interpretado como una despedida.

Le he dicho a Marcos:

—Agradezco todo cuanto has hecho por mí y despídeme de Luis el Indiano, que probablemente esté viendo nuestro partir desde el torreón de su casa.

Me dice:

—Solo he hecho lo mismo que tú hubieras hecho por mí y recuerda que te esperamos de nuevo aquí.

Ya es la hora y lo primero que hago es entregarle el equipaje a uno de los remeros. Lo coloca debajo del asiento, nos da sendos salvavidas y nos indica cómo hemos de colocárnoslos y ya embarco. Yo me siento mirando hacia proa, tal y como nos han indicado, así si viene alguna ola la veré mejor a pesar de que el mar está muy tranquilo. Alfonso se acomoda a mi lado y nos dan una lona para que nos tapemos y así evitar el mojarnos con las salpicaduras de las olas. Said también ha venido hasta el pantalán, trae la linterna en una mano y con ella nos hace señas como si quisiera transmitirnos algo.

El timonel hace sonar su silbato de contramaestre y los marineros de tierra sueltan las amarras. Los remeros ya han colocado los remos en el escálamo, clavan los remos en el agua y empiezan a remar. Y la ronca voz de Marcos la oigo decir:

—Amigos, muy buena singladura y ya sabéis que siempre estaremos aquí, esperando vuestro regreso.

Alfonso creo que se ha percatado de mi emoción por la marcha y las palabras sinceras de Marcos y me da la mano de forma muy efusiva. Nos tapamos bien con la lona y yo aún añoro más la gorra y envidio a los marineros y a Alfonso, que la llevan calada hasta las orejas.

Poco a poco vamos avanzando por el mar, atrás queda el pantalán y pronto estaremos en mar abierto. Observo a los remeros lo bien sincronizados que van, estos son auténticos francos de ría.

La niebla ya se ha disipado y a lo lejos ya se puede observar el galeote.

Sin percatarnos, una ola ha entrado por proa y suerte de la lona, de no llevarla nos hubiera calado hasta los huesos.

En el suelo del bote, aprecio agua que van achicando los marineros.

El navegar está resultando muy tranquilo, yo pensaba que esto sería más movido. El timonel encara bien la proa para que las olas no nos lleven a la deriva. Por la parte de babor, podemos ver al Natare con los aparejos bien desplegados y surcando el mar sin dificultad. No me podía imaginar que vería a un laúd navegar tan majestuosamente y tan de cerca.

Nadie en el bote se cruza una simple mirada ni de reojo. Ninguno de los ocupantes formula una sola una palabra. Parecemos extraños en un mundo reducido de aquel ridículo embrión de navío y así permanecemos varios minutos. Balanceados por el tranquilo oleaje de un Poseidón que por fin ha decidido conceder unos minutos de sosiego tras recordarles quién en verdad reina sobre las aguas y quiénes son unos intrusos. Me hubiese gustado compartir mi opinión de la partida con Alfonso, pero a él también lo veo exhorto e inmerso en sus pensamientos, al igual que lo estoy yo. Para mí es una experiencia nueva que no me deja indiferente.